U0481501

汲古閣鈔本叢刊

唐宋諸賢絶妙詞選 絶妙好詞

〔南宋〕黄昇 編
〔南宋〕周密 編

浙江古籍出版社

圖書在版編目（C I P）數據

唐宋諸賢絶妙詞選 / (南宋) 黄昇編. 絶妙好詞 / (南宋) 周密編. -- 杭州 : 浙江古籍出版社, 2024.9
(汲古閣鈔本叢刊 / 陳先行主編)
ISBN 978-7-5540-2955-8

Ⅰ. ①唐… ②絶… Ⅱ. ①黄… ②周… Ⅲ. ①唐宋詞—選集 Ⅳ. ①I222.84

中國國家版本館CIP數據核字(2024)第088521號

汲古閣鈔本叢刊

唐宋諸賢絶妙詞選　絶妙好詞

〔南宋〕黄　昇　編　〔南宋〕周　密　編

出版發行　浙江古籍出版社
（杭州市環城北路177號　郵編：310006）
網　　址　http://zjgj.zjcbcm.com
策劃編輯　祖胤蛟
責任編輯　周　密
封面設計　吴思璐
責任校對　吴穎胤
責任印務　樓浩凱
照　　排　浙江大千時代文化傳媒有限公司
印　　刷　浙江新華印刷技術有限公司
開　　本　710 mm × 1000 mm　1/16
印　　張　24.5
字　　數　97千
版　　次　2024年9月第1版
印　　次　2024年9月第1次印刷
書　　號　ISBN 978-7-5540-2955-8
定　　價　268.00圓

前言

薛瑾

是書爲中國國家圖書館藏汲古閣影抄本詞總集黄昇《唐宋諸賢絶妙詞選》三卷與周密《絶妙好詞》七卷合印。毛氏父子藏書宏富，善本極多，汲古閣影抄本素以畢肖原書、用紙考究、楮墨精良聞名於世。清于敏中《天禄琳琅書目》言：『明之琴川毛晉，藏書富有，所貯宋本最多，其有世所罕見而藏諸他氏不能購得者，則選善手以佳紙墨影抄之，與刊本無異，名曰「影宋抄」。於是一時好事家皆争仿效，以資鑒賞，而宋槧之無存者，賴以傳之不朽。』此次合刊彩色影印，以期最大程度保存二書的版本價值與藝術價值，以饗讀者。

一

汲古閣影宋抄《唐宋諸賢絶妙詞選》三卷，頁十行十七字，白口四周單邊。鈐印有『汲古閣』『毛晉私印』『子晉』『汲古主人』『毛晉之印』『汲古得脩綆』『汪士鐘藏』『汪士鐘讀書』『吴下汪三』『紳之』『湘山心賞』『汪印振動』『楳泉』『平陽叔子』『雙玉龕』『皇二子』『佞宋』『寒雲』『後百宋一廛』『寒雲鑒賞之鉨』『三琴趣齋』『八經閣』『文登于氏小謨觴館藏本』『劉姌』『梅真』『修汲軒』『海鹽張元濟庚申歲經收』『涵芬樓』等近三十方。

南宋黄昇編選《花庵詞選》成書於南宋淳祐己酉（一二四九），全書共二十卷，前十卷爲《唐宋諸賢絶妙詞選》，收録唐五代至北宋各家之詞，始於李白，終於北宋王昂，共一百三十四家，附方外、閨秀各一卷；後十卷爲《中興以來絶妙詞選》，收録南渡後各家之詞，始於康與之，終於洪蚡，共八十八家，附黄昇自作詞三十八首。明末毛晉匯刻《詞苑英華》時收入此兩本合稱《花庵絶妙詞選》，《四庫提要》簡稱《花庵詞選》。《花庵詞選》爲現存宋代規模最大的一部詞選，收羅宏富，去取嚴謹，後世不傳之作賴之以存，《四庫全書總目提要》謂之：『去取亦特爲謹嚴，非《草堂詩餘》之類參雜格者可比。又每人名之下各注字號里貫，每篇題之下亦間附評語，俱足以資考核。在宋人詞選，要不失爲善本也。』現存《花庵詞選》版本較爲複雜，或兩選合刻，或一選單行。其中《唐宋諸賢絶妙詞選》通行本爲十卷本，今存明萬曆舒伯明刻本、明萬曆秦堣刻本、《四庫全書》本、汲古閣《詞苑英華》本等。但三卷本頗爲罕見。

此本影宋抄本《唐宋諸賢絶妙詞選》三卷單行，卷一爲唐詞，自李白至李煜共二十一家四十七首。卷二、卷三爲宋詞，自歐陽修至曹組共四十七家一百一十五首。其來歷有兩種説法，其一爲三卷本據黄昇初編之本影抄。羅振常《唐宋諸賢絶妙詞選跋》云：『《唐宋諸賢絶妙詞選》，宋黄叔暘所輯，影宋刊大字本。汲古别有刻本十卷，此本僅三卷，蓋黄叔暘初編本也。』另一种説法是三卷本後出，據十卷本各删數家而成。張元濟《涵芬樓燼餘書録》著録本書時稱：『《四庫》著録《花庵詞選》前十卷爲《唐宋諸賢絶妙詞選》，始於唐李白，終於北宋王昂。方外、閨秀，各爲一卷附後。涵芬樓舊藏明刊本，與《四庫》本通。按明本前八卷，唐宋詞人凡一百二十家。是本每卷各删數家，存者僅六十八，方外、閨秀無一人，且所存諸家，首數亦大有删節。前後無序跋，殆爲選中之選歟？』

此本曾經汪士鐘藝芸書舍、于昌進小謨觴館遞藏。于氏藏書散出後，傅增湘代袁克文從上海購得此本。卷端『皇二子』『寒雲』『後百宋一廛』『三琴趣齋』『雙玉龕』『八經閣』『流水音』等皆袁氏所鈐。一九二二年羅振常曾借得此本影抄，並與十卷本相勘，成石印本三卷。後本書入藏涵芬樓，隨涵芬樓燼餘善本一併被移送中華人民共和國文化部，隨後被撥交北京圖書館（今中國國家圖書館），收藏至今。

二

汲古閣影抄《絶妙好詞》，頁十二行二十四字，白口四周單邊。鈐印有：『元本』『甲』『汲古主人』『筆研精良人生一樂』『子晉』『毛晉私印』『毛晉（連珠印）』『毛扆之印』『斧季』『黄印丕烈』『平江黄氏圖書』『蕘圃』『士禮居藏』『顧窪逸』『長洲章玨祕匧』等。

南宋周密編選《絶妙好詞》，始於張孝祥，終於仇遠，凡一百三十二家，詞作三百八十二首。《四庫全書總目提要》贊其『去取謹嚴，猶在曾慥《樂府雅詞》、黄昇《花庵詞選》之上。宋人詞集今多不傳，並作者姓名亦不見於世。零璣碎玉，皆賴此以存。於詞選中最爲善本。』考《絶妙好詞》所選之詞多寓故國之思，且有入元後詞作，可知選編時間當在元代。張炎《詞源》卷下云：『近代詞如《陽春白雪》集，如《絶妙詞選》，亦自有可觀，但所取不精一，豈若周草窗《絶妙好詞》爲精粹。惜此版本不存，墨本亦有好事者藏之。』可知在張炎時此書已流傳絶少。明代中後期，此書當有兩個版本系統。《趙定宇書目》及趙琦美《脈望館書目》均著録『《絶妙好詞》一本』，與張炎所言之書名吻合，當同出一源，惜已不傳。其二名爲《絶妙詞選》。明代董其昌《玄賞齋書目》有『弁陽老人《絶妙詞選》』，當爲董氏收藏的元抄本。

清初錢曾《述古堂藏書目》有『弁陽老人《絶妙詞選》七卷』，當爲影抄玄賞齋藏本。錢曾《讀書敏求記》言此影抄本體例曰：『此詞總目後又有目録，卷中詞人大半予所爲曉者，其選録精允，清言秀句層見疊出，誠詞家之南董也。此本又經前輩細勘批閲，姓氏下皆朱標其出處里第，展玩之，心目了然。』述古堂所藏抄本，後經嘉善柯煜借録並訂正缺誤，付之梨棗，刻本始得流傳。柯氏本在内容上與述古堂抄本稍有不同，已删去前人手寫朱墨批註和每卷子目。後高士奇清吟堂刊本即以柯氏書板抽改後刷印。後有小瓶廬刻本依清吟堂本影刻。項絪群玉書堂本根據柯氏刊本自行依照述古堂抄本體例，於詞作者下加注字號、籍貫、詞本事等。其後又有查氏澹宜書屋本、秋聲館本等。總體而言，此版本系統祖本均爲述古堂藏元抄本。清初另有兩個抄本，其一爲朱彝尊抄本，據《佳趣堂書目》載：『《絶妙好詞》七卷，弁陽老人輯，朱竹垞點定。』當爲朱彝尊從錢曾處録得，仍爲述古堂藏元抄本系統。其二爲汲古閣抄本。《汲古閣珍藏秘本書目》卷一言其有精抄元本《絶妙好詞》二册，後因家道中落，未及刊刻便被人購走，曾先後爲黄丕烈、顧鶴逸、章珏等人收藏，後有黄蕘圃印、朱祖謀跋。汲古閣本即此次合印之本。一九二〇年朱祖謀參閲羣書抄校汲古閣本，即以此本爲底本。朱祖謀跋言此本：『己未歲尾，鶴逸先生出示所藏精鈔本，有毛氏子晉、斧季諸印。遵王藏書半歸季滄葦，此爲毛氏所得，故《汲古秘本》有其目而《延令書目》無之。』依行款、筆跡、用紙等判斷，汲古閣精抄本極有可能是影抄元代抄本，即張炎所言『好事者藏之』的『墨本』之一。朱祖謀跋中舉其勝處可正他刻：『卷二李鼐仲鎮姓字諸刻皆脱去，其《清平樂》「亂雲將雨」一闋遂誤屬李泳；卷七脱簡，趙與仁《好事近》詞後存《浣溪沙》三字，仇遠《生查子》前存「北山南」三字，知爲《玉胡蝶》之「獨立軟紅」一闋，皆此本勝處。』兩大版本系統比較，汲古閣本更好地保存了元本風貌，故朱祖謀稱其『墨本不可復睹，此抄亦珍若星鳳』。

三

『詞』作爲『一代之文學』，在兩宋最爲繁盛。伴隨『尊體』日興，在南宋時，出現了諸多的詞選本，詞選成爲一種特殊的詞學理論批評方式。《花庵詞選》與《絶妙好詞》便是其中較有影響的兩部。

在編選方式上，《花庵詞選》中的《唐宋諸賢絶妙詞選》與《絶妙好詞》均以人爲序，按照時間先後順序編排。在選詞的時間跨度上，《唐宋諸賢絶妙詞選》所選爲唐五代與北宋時期詞，而《絶妙好詞》是南宋斷代詞選。在編選意圖上，《唐宋諸賢絶妙詞選》開詞評先河，以人存詞，爲詞存史，具有重要的史料、文獻價值。《絶妙好詞》則有較爲明晰的以詞選立派意識，所選突出了清雅詞派的『崇雅』傾向，標準精一。在選詞標準上，《唐宋諸賢絶妙詞選》兼顧各派風格，《四庫提要》評其『搜羅頗廣』『所録多典雅清俊，非《草堂詩餘》專取俗體者可比』，肯定了其選詞風格典雅，衆體兼備。而《絶妙好詞》以清雅派的詞學宗旨爲尚，選詞側重於悲愴的情調，寄託遺民情思。最後，在影響力方面，《唐宋諸賢絶妙詞選》開詞評先河。明人楊慎《詞品》、清人朱彝尊《詞綜》都摘録過黄昇評語。《絶妙好詞》對張炎《詞源》和陸輔之《詞旨》産生了重大影響。其中所昭示的『詞尊南宋』，對浙西詞派朱彝尊《詞綜》選詞標準啟迪遥深，爲清代詞學的中興起到了舉足輕重的作用。故此，以此二書合印，庶幾可助讀者較爲全面地把握從唐五代到兩宋詞壇的主流審美與動態發展。

目録

唐宋諸賢絶妙詞選

唐宋諸賢絶妙詞選綱目……（七）
唐宋諸賢絶妙詞選卷第一……（一三）
李太白……（一三）
白樂天……（一四）
王　建……（一五）
温庭筠……（一五）
韋　莊……（一八）
薛昭藴……（二〇）
牛　嶠……（二一）
張　泌……（二一）
毛文錫……（二三）
牛希濟……（二三）
歐陽炯……（二四）
和　凝……（二五）
顧　敻……（二六）
孫光憲……（二七）
魏承班……（二八）
鹿虔扆……（二九）
閻　選……（二九）
尹　鶚……（三〇）
毛熙震……（三〇）
李　珣……（三一）
李後主……（三四）
唐宋諸賢絶妙詞選卷第二……（三九）
歐陽永叔……（三九）
蘇子瞻……（四三）
王介甫……（四八）
王元澤……（五〇）

王平甫……（五一）
賈子明……（五一）
謝希深……（五二）
宋子京……（五三）
顏持約……（五四）
王君玉……（五五）
程觀過……（五五）
王晉卿……（五六）
李景元……（五九）
晏同叔……（六〇）
晏叔原……（六二）
秦少游……（六五）
賀方回……（七〇）
舒信道……（七三）
李方叔……（七四）
晁無咎……（七五）
晁叔用……（七八）
張子野……（八〇）
李元膺……（八三）
王通叟……（八四）
唐宋諸賢絶妙詞選卷第三……（八七）
章質夫……（八七）
聶冠卿……（八八）
柳耆卿……（八九）
趙德麟……（九五）
毛澤民……（九七）
謝無逸……（九八）
徐師川……（一〇〇）
王履道……（一〇一）
葉道卿……（一〇三）
蔣元龍……（一〇三）
周美成……（一〇四）
晁次膺……（一〇九）

万俟雅言……（一一一）
潘元質……（一一四）
蘇養直……（一一四）
孫浩然……（一一六）
魯逸仲……（一一六）
劉偉明……（一一七）
陸敦信……（一一八）
何子初……（一一九）
沈會宗……（一二〇）
陳子高……（一二一）
曹元寵……（一二二）

絶妙好詞

絶妙好詞目録……（一三五）
絶妙好詞詞目……（一四一）
絶妙好詞卷第一……（一六九）
于湖張孝祥安國……（一六九）
石湖范成大至能……（一七〇）
野處洪邁景盧……（一七二）
放翁陸游務觀……（一七三）
雪溪陸淞子逸……（一七四）
南澗韓元吉無咎……（一七四）
西溪姚寬令威……（一七五）
雲壑吴琚居父……（一七六）
稼軒辛棄疾幼安……（一七七）
龍洲劉過改之……（一七九）
静寄謝懋勉仲……（一八〇）
嘉林章能達之……（一八二）
龍川陳亮同甫……（一八二）
西山真德秀希元……（一八三）
後谿劉光祖德修……（一八三）
雲壑蔡柟堅老……（一八四）
平齋洪咨夔舜俞……（一八四）

倦翁岳珂肅之……（一八五）
約齋張鎡功甫……（一八六）
蒲江盧祖皋申之……（一八七）
遊初張履信思順……（一九一）
山楹周文璞晉仙……（一九二）
山民徐照道輝……（一九二）
青松俞灝商卿……（一九三）
紫岩潘昉庭堅……（一九四）
小山劉翰武子……（一九四）
篔嶸劉子寰圻父……（一九五）
雪窓張景臣武子……（一九六）
絶妙好詞卷第二……（一九七）
白石姜夔堯章……（一九七）
招山劉仙倫叔擬……（二〇三）
花翁孫惟信季蕃……（二〇五）
梅谿史達祖邦卿……（二〇八）
竹屋高觀國賓王……（二一二）
隨如劉鎮叔安……（二一六）
東澤張輯宗瑞……（二一六）
方舟李石知幾……（二一九）
蘭澤李泳子永……（二一九）
李鼒仲鎮……（二二〇）
松窻陸域中卿……（二二〇）
貴英王嵎季夷……（二二〇）
蕭閑蔡松年伯堅……（二二一）
蕭閒韓疁子畊……（二二三）
絶妙好詞卷第三……（二二五）
後村劉克莊潛夫……（二二五）
履齋吴潛毅夫……（二二六）
梅津尹焕惟曉……（二二七）
虚齋趙以夫用甫……（二二九）
雪蓬姚鏞希聲……（二二九）

澗谷羅椅子遠……（二三〇）
秋崖方岳巨山……（二三〇）
泳齋楊伯喦彦瞻……（二三一）
嘯齋周晉明叔……（二三一）
守齋楊纘繼翁……（二三二）
五峯翁孟寅賓暘……（二三四）
霞山趙汝茪參晦……（二三五）
深居馮去非可遷……（二三七）
梅屋許棐忱夫……（二三八）
雲西陸叡景思……（二三九）
小山蕭秦來則陽……（二四〇）
西里趙希邁瑞行……（二四〇）
白雲趙崇嶓漢宗……（二四一）
十洲趙希彭清中……（二四二）
瓦全王澡身甫……（二四二）
崑崙趙與鋤慶御……（二四三）
曲澗樓槃考甫……（二四三）
梅心鍾過改之……（二四四）
蠙洲李肩吾子我……（二四四）
東浦黄蘭元易……（二四七）
南墅陳榮次賈……（二四八）
玉林黄晷叔暘……（二四九）
中山李振祖……（二四九）
梯飈薛夢桂叔載……（二五〇）
懶翁曾揆舜卿……（二五一）

絶妙好詞卷第四……（二六一）

夢窻吴文英君特……（二六一）
處静翁元龍時可……（二六八）
眉齋鄭楷持正……（二七〇）
雪舟黄孝邁德文……（二七〇）
月湖江開開之……（二七二）
在菴譚宣子明之……（二七二）
存熙陳逢辰振祖……（二七三）

樓采君亮……（二七四）
秋厓奚滅倬然……（二七七）
釣月趙聞禮立之……（二七八）
梅川施岳仲山……（二八一）
絶妙好詞卷第五……（二八九）
西麓陳允平君衡……（二八九）
寄閑張樞斗南……（二九三）
秋堂李演廣翁……（二九六）
兩山莫崙子山……（二九八）
宏菴丁宥基仲……（三〇〇）
華谷儲泳文卿……（三〇一）
寒泉趙汝迕叔午……（三〇一）
梅麓樓扶叔茂……（三〇二）
梅屋史介翁吉父……（三〇三）
葵窻周瑞臣彦良……（三〇三）
學舟楊子咸……（三〇四）
西村湯恢充之……（三〇五）
半湖何光大謙履……（三〇八）
氷壺趙潛元晉……（三〇八）
平遠趙淇元建……（三〇九）
吾竹毛珝元白……（三〇九）
漁莊潘希白懷古……（三一〇）
鶴田李珏元暉……（三一〇）
碧澗利登履道……（三一二）
松山曹邍擇可……（三一二）
江村劉瀾養源……（三一三）
梅深張龍榮成子……（三一四）
絶妙好詞卷第六……（三一七）
篔房李彭老商隱……（三一七）
秋崖李萊老周隱……（三二二）
芝室應灋孫堯成……（三二八）
松閒王億之景陽……（三二九）

野雲余桂英子發……（三三〇）
葦航胡仲弓希聖……（三三〇）
畏齋尚希尹莘老……（三三一）
秋堂柴望仲山……（三三一）
野逸朱藻……（三三二）
乙山黄鑄希顔……（三三二）
花洲王同祖與之……（三三三）
梅山王茂孫景周……（三三三）
可竹王易簡理得……（三三四）
竹山張桂惟月……（三三六）
梅厓張槩叔安……（三三七）
槜岩張林去非……（三三八）
萬山朱昺孫令則……（三三八）
松壑吴大有有大……（三三九）
玉田張炎叔夏……（三四〇）
蓮嶴趙崇甯有得……（三四一）
葯莊范晞文景文……（三四二）
松窻鄭斗焕丙文……（三四三）
梅南曹良史之才……（三四三）
靜傳董嗣杲明德……（三四四）
絶妙好詞卷第七……（三四五）
草窻周密公謹……（三四五）
碧山王沂孫聖與……（三五四）
學舟趙彛仁元父……（三五九）
山村仇遠仁近……（三六二）
朱孝臧跋……（三六五）

唐宋諸賢絶妙詞選

據中國國家圖書館藏本影印
原書框高二十一點二公分寬
十五點一公分

唐宋諸賢絶妙詞選
三弓一册全

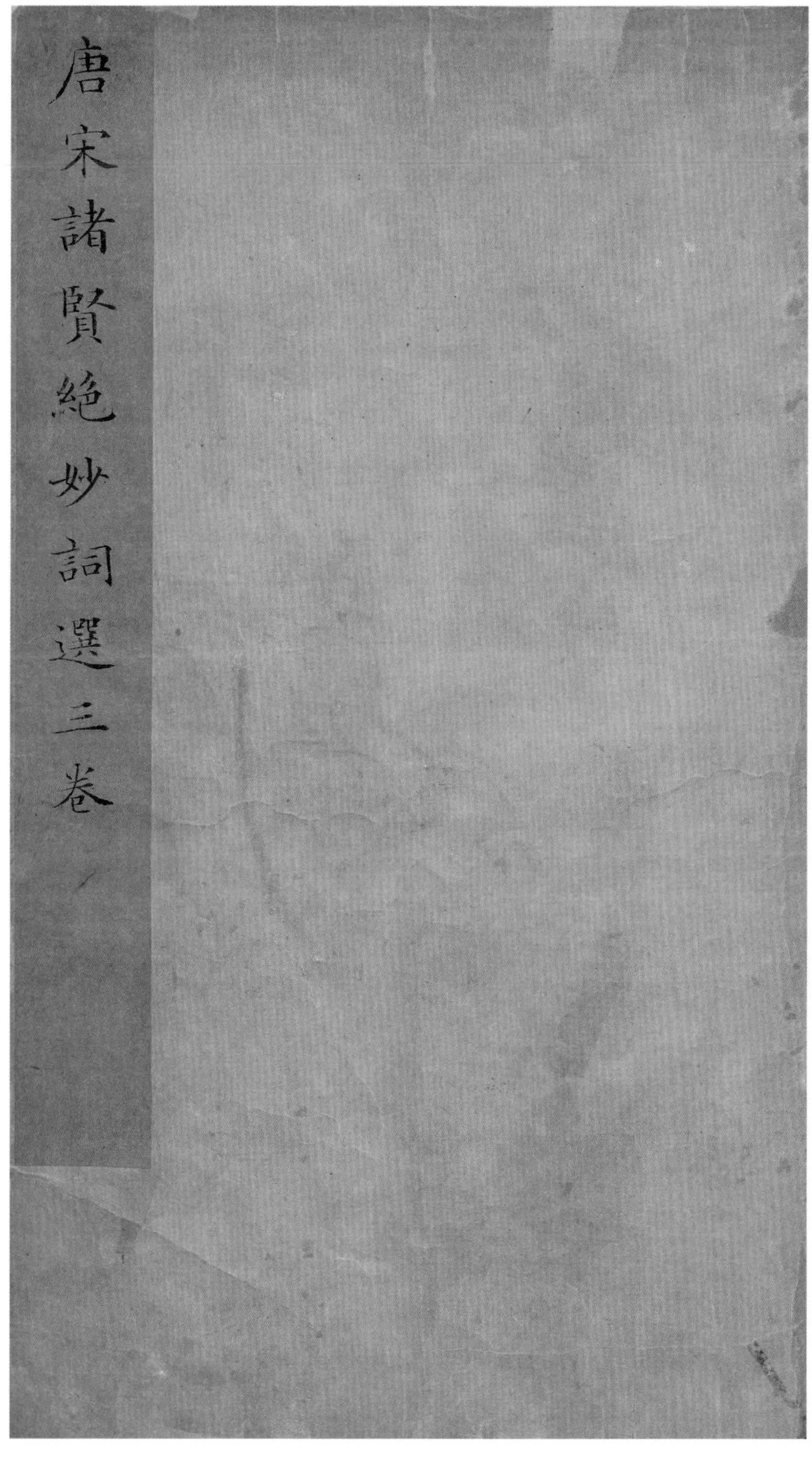
唐宋諸賢絶妙詞選三卷

唐宋諸賢絶妙詞選綱目

花菴詞客　編

卷第一

唐詞

李太白　二首　白樂天　二首
王建　一首　温庭筠　六首
韋莊　四首　薛昭藴　二首
牛嶠　一首　張泌　一首
毛文錫　二首　牛希濟　一首
歐陽烱　二首　和凝　二首

顧敻 一首　孫光憲 三首
魏承班 一首　鹿虔扆 一首
閻選 一首　尹鶚 一首
毛熙震 二首　李詢 五首
李後主 六首

卷第二

宋詞上

歐陽永叔 八首　蘇子瞻 七首
王介甫 三首　王元澤 一首
王平甫 一首　賈子明 一首

謝希深　二首　宋子京　一首

顔持約　一首　王君玉　一首

程觀過　一首　王晉卿　五首

李景元　一首　晏同叔　三首

晏叔原　七首　秦少游　八首

賀方回　四首　舒信道　三首

李方叔　一首　晁無咎　五首

晁叔用　三首　張子野　四首

李元膺　二首　王通叟　二首

卷第三

宋詞下

章質夫　一首　聶冠卿　一首

柳耆卿　七首　趙德麟　三首

毛澤民　三首　謝無逸　三首

徐師川　一首　王履道　四首

葉道卿　一首　蔣元龍　一首

周美成　六首　晁次膺　一首

万俟雅言三首　潘元質　一首

蘇養直　二首　孫浩然　一首

魯逸仲　一首　劉偉明　一首

陸敦信 一首 何子初
沈會宗 二首 陳子高 三首
曹元寵 二首

唐宋諸賢絶妙詞選綱目

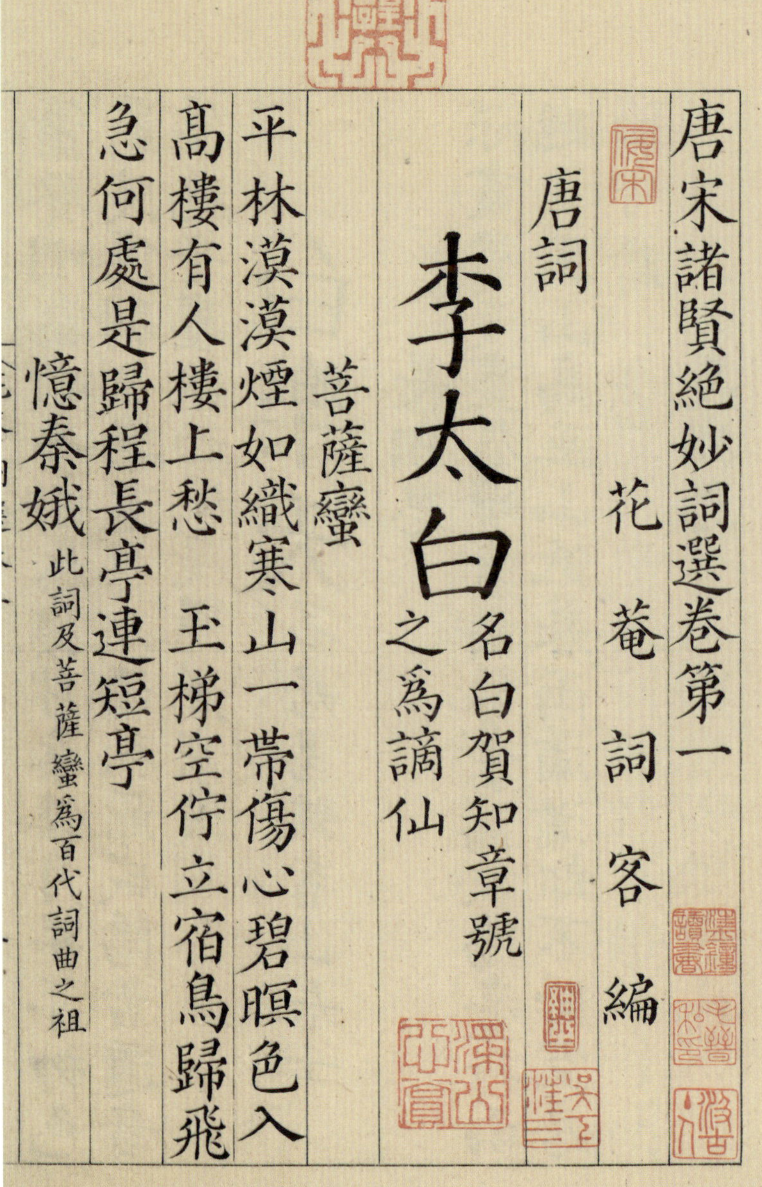

唐宋諸賢絶妙詞選卷第一

花菴詞客編

唐詞

李太白 名白賀知章號之爲謫仙

菩薩蠻

平林漠漠煙如織寒山一帶傷心碧暝色入高樓有人樓上愁　玉梯空佇立宿鳥歸飛急何處是歸程長亭連短亭

憶秦娥 此詞及菩薩蠻爲百代詞曲之祖

簫聲咽秦娥夢斷秦樓月秦樓月年年柳色霸陵傷别　樂遊原上清秋節咸陽古道音塵絶音塵絶西風殘照漢家陵闕

白樂天

名居易號香山居士

長相思

深畫眉淺畫眉蟬鬢鬅鬙雲滿衣陽臺行雨迴　巫山高巫山低暮雨瀟瀟郎不歸空房獨守時

長相思

汴水流泗水流流到瓜州古渡頭吴山點點愁　思悠悠恨悠悠恨到歸時方始休月明人倚樓

王建 有宫詞百首甚工

古調笑

羅袖羅袖暗舞春風已舊遥看歌舞玉樓好日新粧坐愁愁坐愁坐一世虚生虚過

温庭筠 詞極流麗宜爲花間集之冠

菩薩蠻

小山重疊金明滅鬢雲欲度香腮雪懶起畫蛾眉弄粧梳洗遲　照花前後鏡花面交相映新着綺羅襦雙雙金鷓鴣

菩薩蠻

南園滿地堆輕絮愁聞一霎清明雨雨後却斜陽杏花零落香　無言匀睡臉枕上屏山掩時節欲黄昏無聊獨倚門

菩薩蠻

翠翹金縷雙鸂鶒水紋細起春池碧池上海

棠梨雨晴紅滿枝　綉衫遮笑靨煙草粘飛蝶青瑣對芳菲玉關音信稀

更漏子

玉爐香紅蠟淚偏照畫堂秋思眉翠薄鬢雲殘夜長衾枕寒　梧桐樹三更雨不道離情正苦一葉葉一聲聲空堦滴到明

更漏子

星斗稀鍾鼓歇簾外曉鶯殘月蘭露重柳風斜滿庭堆落花　虛閣上倚闌望還似去年惆悵春欲暮思無窮舊歡如夢中

清平樂令

洛陽愁絶楊柳花飄雪終日行人恣攀折橋下水流嗚咽　上馬爭勸離觴南浦鶯聲斷腸愁殺平原年少回首揮淚千行

韋莊　西蜀宰相

菩薩蠻

人人盡説江南好遊人只合江南老春水碧於天畫船聽雨眠　壚邊人似月皓腕凝霜雪未老莫還鄉還鄉須斷腸

應天長

緑槐陰裏黄鶯語深院無人春晝午畫簾垂金鳳舞寂寞綉屏香一縷　碧天雲無定處空有夢魂來去夜夜緑窗風雨斷腸君信否

清平樂令

野花芳草寂寞關山道柳吐金絲鶯語早惆悵香閨暗老　羅帶悔結同心獨凭朱欄思深夢覺半床斜月小窗風觸鳴琴

謁金門

空相憶無計得傳消息天上嫦娥人不識寄

書何處覔　新睡覺來無力不忍看伊書迹
滿院落花春寂寂斷腸芳草碧

薛昭藴

浣溪沙

握手河橋柳似金蜂鬚輕惹百花心蕙風蘭
思寄清琴　意滿便同春水滿情深還似酒
盃深楚烟湘月兩沉沉

浣溪沙

傾國傾城恨有餘幾多紅淚泣姑蘇倚風凝

睇雪肌膚　吴主山河空落日越王宫殿半平蕪藕花菱蔓滿重湖

牛嶠

更漏子

南浦情紅粉淚爭奈兩人深意低翠黛卷征衣馬嘶霜葉飛　拈手别寸腸結還是去年時節書托鴈夢歸家覺來江月斜

張泌

滿宫花

花正芳樓似綺寂寞上陽宫裏鈿籠金鎖睡鴛鴦簾冷露華珠翠　嬌艷輕盈香雪膩細雨黄鶯雙起東風惆悵欲清明公子橋邊沉醉

毛文錫

醉花間

休相問怕相問相問還添恨春水滿塘生鸂鶒還相趂　昨夜雨霏霏臨明寒一陣偏憶

戍樓人久别邊廷信

更漏子

春夜闌春恨切花外子規啼月人不見夢難憑紅紗一點燈　偏怨别是芳節庭下丁香千結宵霧散曉霞輝梁間雙燕飛

牛希濟

生查子

春山烟欲收天澹星稀小殘月臉邊明别淚臨清曉　語已多情未了回首猶重道記得

綠羅裙處處憐芳草一本無已字

歐陽烱

玉樓春

日照玉樓花似錦樓上醉和春色寢綠楊風送小鶯聲殘夢不成離玉枕　堪愛晚來韶景甚寶柱秦箏方再品青娥紅臉笑來迎又向海棠花下飲

菩薩蠻

紅爐暖閣佳人睡隔簾飛雪添寒氣小院奏

笙歌香風簇綺羅　酒傾金盞滿蘭燭重開宴公子醉如泥天街聞馬嘶

和凝　石晋宰相

喜遷鶯

曉月墜宿雲披銀燭錦屏帷建章鐘動玉繩低宫漏出花遲　春態淺來雙燕紅日漸一線嚴粧欲罷囀黄鸝飛上萬年枝

小重山

春入神京萬木芳禁林鶯語滑蝶飛狂曉桃

凝露妬啼粧紅日永風和百花香　煙鎖柳絲長御溝澄碧水轉池塘時時微雨洗風光天衢遠到處引笙篁

顧敻

河傳

棹舉舟去波光渺渺不知何處岸花汀草依依雨微鷓鴣相逐飛　天涯離恨江聲咽啼猿切此意向誰說倚蘭橈獨無憀魂銷小爐香欲焦一本汀草

孫光憲 南唐詞人

浣溪沙

輕打銀箏墜燕泥斷絲高罥畫樓西花冠閑上午墻啼　粉籜半開新竹逕紅苞盡落舊桃蹊不堪終日閉深閨

菩薩蠻

木綿花映叢祠小越禽聲裏春光曉銅鼓雜蠻歌南人祈賽多　客帆風正急茜袖偎檣立極浦幾回頭烟波無限愁

菩薩蠻

花冠頻鼓墻頭翼東方淡白連窓色門外早鶯聲背樓殘月明　薄寒籠醉態依舊鉛華在握手送人歸半拖金縷衣

魏承班

菩薩蠻

羅衣隱約金泥畫玳筵一曲當秋夜聲顫覷人嬌雲鬟裊翠翹　酒醺紅玉軟眉翠秋山遠綉幌麝烟沉誰人知兩心

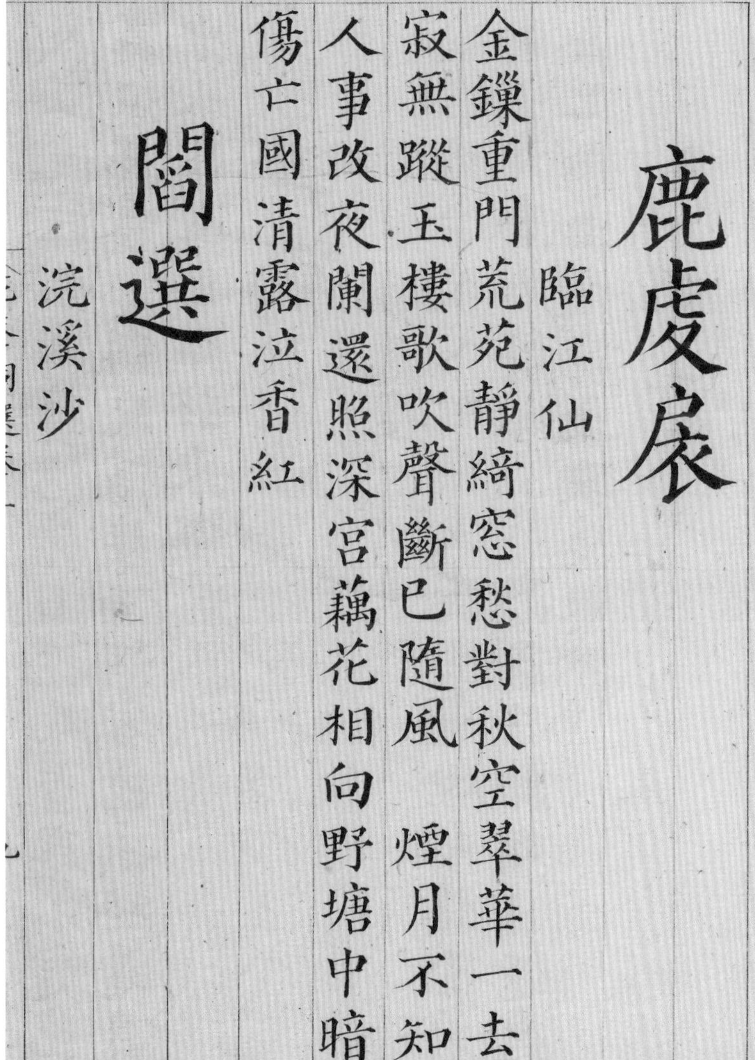

鹿虔扆

臨江仙

金鏁重門荒苑靜綺窗愁對秋空翠華一去寂無蹤玉樓歌吹聲斷已隨風　煙月不知人事改夜闌還照深宮藕花相向野塘中暗傷亡國清露泣香紅

閻選

浣溪沙

寂寞流蘇冷繡茵倚屏山枕惹香塵小庭花露泣濃春　劉阮信非仙洞客嫦娥終是月中人此生無路訪東鄰

尹鶚

菩薩蠻

隴雲暗合秋天白俯天獨坐窺煙陌樓際角重吹黄昏方醉歸　荒唐難共語明日還應去上馬出門時金鞭莫與伊

毛熙震

菩薩蠻

繡簾高軸臨塘看雨翻荷芰真珠散殘暑晚初涼輕風度水香　無憀悲往事爭那牽情思光景暗相催等閑秋又來

更漏子

秋色清河影瀺深戶炬寒光暗綃幌碧錦衾紅博山香炷融　更漏咽蛩鳴切滿院霜華如雪新月上薄雲收暎簾懸玉鉤

李詢

望遠行

露滴幽庭葉落時愁聚蕭娘柳眉玉郎一去負佳期水雲迢遞鴈書遲　屏半掩枕斜欹蠟淚無言對垂吟蛩斷續漏頻移入窓明月鑒空帷

菩薩蠻

迴塘風起波紋細刺桐花裏門斜閉殘日照平蕪雙雙飛鷓鴣　征帆何處客相見還相隔不語欲魂銷望中煙水遥

河傳

春暮微雨送君南浦愁斂雙蛾落花深處啼鳥似逐離歌粉檀珠淚和　臨流更把同心結情哽咽後會何時節不堪回首相望已隔汀洲艣聲幽

巫山一段雲唐詞多緣題所賦臨江仙則言仙事女冠子則述道情河瀆神則詠祠廟大槩不失本題之意爾後漸變失題遠矣如此二詞實唐人本來詞體如此

有客經巫峽停橈向水湄楚王曾此夢瑶姬一夢杳無期　塵暗珠簾卷香銷翠幄垂西風回首不勝悲暮雨洒空祠

巫山一段雲

古廟依青嶂行宫枕碧流水聲山色鎖粧樓往事思悠悠　雲雨朝還暮烟花春復秋啼猿何必近孤舟行客自多愁

李後主 名煜字重光

虞美人

春花秋葉何時了往事知多少小樓昨夜又東風故國不堪回首月明中　雕欄玉砌應猶在只是朱顔改問君還有幾多愁恰似一江春水向東流

山花子

菡萏香銷翠葉殘西風愁起緑波間還與韶光共憔悴不堪看　細雨夢回鷄塞遠小樓吹徹玉笙寒多少淚珠何限恨倚闌干

山花子

平捲珠簾上玉鈎依前春恨鎖重樓風裏落

花誰是主思悠悠　青鳥不傳雲外信丁香空結雨中愁回首緑波三峽暮接天流

烏夜啼

無言獨上西樓月如鈎寂寞梧桐深院鎖清秋　剪不斷理還亂是離愁别是一般滋味在心頭

清平樂

别來春半觸目愁腸斷砌下落梅如雪亂拂了一身還滿　鴈來音信無憑路遥歸夢難成離恨恰如春草更行更遠還生

浪淘沙

簾外雨潺潺春意闌珊羅衾不煖五更寒夢裏不知身是客一餉貪歡　獨自莫凭欄無限江山别時容易見時難流水落花歸去也天上人間

唐宋諸賢絶妙詞選卷第一

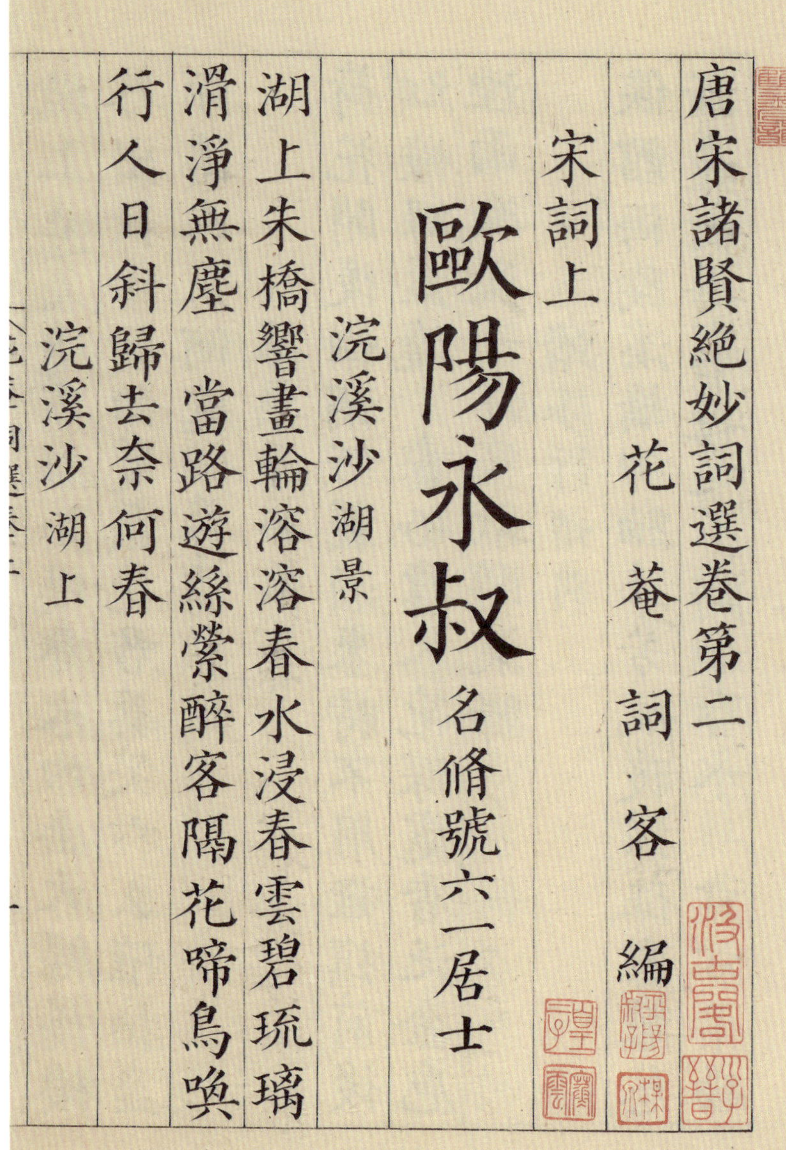

唐宋諸賢絶妙詞選卷第二

花菴詞客編

宋詞上

歐陽永叔

名脩號六一居士

浣溪沙 湖景

湖上朱橋響畫輪溶溶春水浸春雲碧琉璃滑淨無塵　當路遊絲縈醉客隔花啼鳥喚行人日斜歸去奈何春

浣溪沙 湖上

堤上遊人逐畫船拍堤春水四垂天緑楊樓外出秋千　白髮戴花君莫笑六么催拍盞頻傳人生何處似尊前

採桑子　西湖

荷花開後西湖好載酒來時不用旌旗前後紅幢緑蓋隨　畫船撑入花深處香泛金卮煙雨微微一片笙歌醉裏歸

踏莎行　惜别

候館梅殘溪橋柳細草芳風暖揺征轡離愁漸遠漸無窮迢迢不斷如春水　寸寸柔腸

盈盈粉淚樓高莫近危闌倚平蕪盡處是春山行人更在春山外

阮郎歸 踏青

南園春半踏青時風和聞馬嘶青梅如豆柳如眉日長蝴蝶飛　花露重草煙低人家簾幕垂秋千慵困解羅衣畫梁雙燕棲

木蘭花 西湖

西湖南北烟波闊風裏絲篁聲韻咽舞餘羅帶緑雙垂酒入香腮紅一抹　杯深不覺琉璃滑貪看六么花十八明朝車馬各西東惆

悵畫樓風與月

玉樓春 别恨

春山歛黛低歌扇暫解吳鈎登祖宴畫樓鐘動已魂消何況馬嘶芳草岸　青門柳色隨人遠望欲斷時腸已斷洛城春色待君來莫待落花飛似霰

漁家傲 小春

十月小春梅蘂綻紅爐暖閣新粧遍錦帳美人貪睡暖羞起懶玉壺一夜氷澌滿　樓上四垂簾不捲天寒山色偏宜遠風急鴈行吹

字斷紅日晚江天雪意雲撩亂

蘇子瞻

名軾號東坡居士晁无咎云東坡詞横放傑出自是曲子中縛不住者

洞仙歌公自序云僕七歲時見眉州老尼姓朱忘其名年九十餘自言嘗隨其師入蜀主孟昶宫中一日大熱主與花蘂夫人夜起避暑摩訶池上作一詞朱具能記之今四十年朱已死久矣

人無知此詞者獨記其首兩句暇日尋味豈洞仙歌令乎乃爲足之云

冰肌玉骨自清涼無汗水殿風來暗香滿繡簾開一點明月窺人人未寢欹枕釵橫鬢亂起來攜素手庭户無聲時見疎星度河漢試問夜如何夜已三更金波淡玉繩低轉但屈指西風幾時來又不道流年暗中偷换

西江月公自序云春夜行蘄水中過酒家飲酒醉乘月至一溪橋

上解鞍曲肱少休及覺已曉亂山葱蘢不謂人世也書此語橋柱上

照野瀰瀰淺浪横空曖曖微霄障泥未解玉驄驕我欲醉眠芳草　可惜一溪明月莫教踏碎瓊瑶解鞍欹枕緑楊橋杜宇一聲春曉

南鄉子　九日

霜降水痕收淺碧鄰鄰露遠洲酒力漸消風力軟颼颼破帽多情却戀頭　佳節若爲酬但把金樽斷送秋萬事到頭都是夢休休明

日黄花蝶也愁

阮郎歸　夏景

緑槐高柳咽新蟬薫風入舜絃碧紗窻下水沉烟碁聲驚晝眠　微雨過小荷翻榴花開欲然玉人纖手掬清泉瓊珠碎又圓

哨遍　歸去來詞

爲米折腰因酒弃家口體交相累歸去來誰不遣君歸從前皆非今是露未晞征夫指予歸路門前笑語喧童稚嗟舊菊都荒新松暗老吾年今已如此從小窻容膝閉柴扉策杖

看孤雲暮鴻飛雲出無心鳥倦知還本非有
意　噫歸去來兮我今忘我兼忘世親戚無
浪語琴書中有真味步翠麓崎嶇泛溪窈窕
消消暗谷流春水觀草木欣榮幽人自感吾
生行且休矣念寓形宇内復幾時不自覺皇
皇欲何之委吾心去留誰計神仙知在何處
富貴非吾願但知臨水登山嘯咏自引壺觴
自醉此生天命更何疑且乘流遇坎還止

如夢令

爲向東坡傳語人在雪堂深處别後有誰來

雪壓小橋無路歸去歸去江上一犂春雨

昭君怨

誰作桓伊三弄驚破緑窓曉夢新月與愁烟

蒲江天　欲去又還不去明日落花飛絮飛

絮送行舟水東流

王介甫　名安石丞相荊國文公

桂枝香　金陵懷古

登臨送目正故國晚秋天氣初肅千里澄江

似練翠峰如簇征帆去棹殘陽裏背西風酒

旗斜矗綵舟雲淡星河鷺起圖畫難足　念自昔豪華競逐嘆門外樓頭悲恨相續千古憑高對此謾嗟榮辱六朝舊事隨流水但寒烟衰草凝緑至今商女猶歌後庭遺曲

浣溪沙　集句

百畝庭中半是苔門前古道水縈迴愛閑能有幾人來　小院回廊人寂寂山桃野杏兩三栽爲誰落零爲誰開

千秋歲引　秋景

別館寒砧孤城畫角一派秋聲入寥廓東歸

燕從海上去南來鴈向沙頭落楚臺風庾樓月宛如昨　無奈被些名利縛無奈被他情擔閣可惜風流揔閑却當初謾留華表語而今誤我秦樓約夢闌時酒醒後思量著

王元澤

名雱荆公之子封臨川伯

倦尋芳

露晞向曉簾幙風輕小院閑晝翠徑鶯來驚下亂紅鋪繡倚危欄登高榭海棠著雨胭脂透筭韶華又因循過了清明時候　倦游燕

風光滿目好景良辰誰共攜手恨被榆錢買斷兩眉長皺憶得高陽人散後落花流水仍依舊這情懷對東風盡成消瘦

王平甫

名安國荆公之弟

減字木蘭花 春情

畫橋流水雨濕落紅飛不起月破黄昏簾裏餘香馬上聞徘徊不語今夜夢魂何處去不似垂楊猶解飛花入洞房

賈子明

名昌朝 仁宗朝宰相

謚文元公

木蘭花令 平生惟賦此一詞極有風味

都城水緑嬉遊處仙棹往來人笑語紅隨遠浪泛桃花雪散平堤飛柳絮 東君欲共春歸去一陣狂風和驟雨碧油紅旆錦障泥斜日畫橋芳草路

謝希深 名絳仁宗朝知制誥

夜行船 別情

昨夜佳期初共鬢雲低翠翹金鳳尊前和笑

不成歌意偷轉眼波微送　草草不容成楚夢漸寒深翠簾霜重相看送到斷腸時月西斜畫樓鐘動後段語最奇

訴衷情宫怨

銀缸夜永影長孤香草續殘爐倚屏脉脉無語粉淚不成珠　雙黎枕百嬌壺憶當初君恩莫似秋葉無情欲向人疎

宋子京名祁

玉樓春春景

東城漸覺風光好縠皺波紋迎客棹緑楊烟外曉寒輕紅杏枝頭春意鬧　浮生長恨歡娱少肯愛千金輕一笑爲君持酒勸斜陽且向花間留晚照

顏持約　名博文

西江月詞簡意高佳作也

草草書傳錦字厭厭夢繞梅花海山無計駐仙槎腸斷芭蕉影下　鈌月舊時庭院飛雲到處人家而今憔悴鬢先華説著多情已怕

王君玉 名琪仁宗朝翰林學士

望江南　柳

江南柳，烟穗拂人輕。愁黛空長描不似，舞腰雖瘦學難成。天意與風情　攀折處，離恨幾時平。已縱柔條縈客棹，更飛狂絮撲旗亭。三月亂啼鶯。

程觀過 名過

昭君怨

試問愁來何處門外山無重數芳草不知人翠連雲　欲看不忍看心事只堪腸斷腸斷宿孤村雨昏昏

王晉卿 名詵與東坡最善

燭影摇紅　春恨

香臉輕匀黛眉巧畫宫粧淺風流天付與精神全在嬌波轉早是縈心可慣更那堪頻頻顧盼幾回得見見了還休爭如不見　燭影摇紅夜闌飲散春宵短當時誰解唱陽關離

恨天涯遠無奈雲收雨散凭闌干東風淚眼
海棠開後燕子來時黄昏庭院

玉樓春 海棠

錦城春色花無數排比笙歌留客住輕寒輕
暖夾衣天乍雨乍晴寒食路　花雖不語鶯
能語莫放韶光容易去海棠開後月明前縱
有千金無買處

花發沁園春

帝里春歸早先粧點皇家池館園林雛鶯未
遷燕子乍歸時節戲弄晴陰瓊樓珠閣恰正

在柳曲花心翠袖艷衣凭闌干慣聞絃管新音　此際相攜宴賞縱行樂隨處芳樹遥岑桃腮杏臉嫩英萬葉千枝緑淺紅深輕風終日泛暗香長滿衣襟洞户醉歸訪笙歌晚來雲海沈沈

踏青遊　春遊

金勒狨鞍西城嫩寒春曉路漸入垂楊芳草過平堤穿緑逕幾聲啼鳥是處裏誰家杏花臨水依約靚粧斜照　極目高原東風露桃烟島望十里紅圍緑繞更相將乘酒興幽情

多少待向晚從頭記將歸去説與鳳樓人道

人月圓 元夜

小桃枝上春來早初試薄羅衣年年此夜華燈盛照人月圓時　禁街簫鼓寒輕咽夜永纖手同攜更闌人靜千門笑語聲在簾幃

李景元

過秦樓 春晚

賣酒壚邊尋芳原上亂花飛絮悠悠已蝶稀鶯散便擬把長繩繫日無由謾道草忘憂也

徒將酒解閑愁正江南春盡行人千里蘋滿汀洲有翠紅徑裏盈盈侶簇芳茵稧飲時笑時謳當暖風遲景任相將永日爛熳狂遊誰信盛狂中有離情忽到心頭向樽前擬問雙燕來時曾過秦樓

晏同叔

名殊以神童出身仁宗朝宰相謚元獻公有詞名珠玉集張子野爲序

破陣子 春景

燕子來時新社梨花落後清明池上碧苔三

四點葉底黄鸝一兩聲日長飛絮輕　巧笑東鄰女伴采桑徑裏逢迎疑怪昨宵春夢好無是今朝鬭草贏笑從雙臉生

更漏子　佳人

蕣華濃山翠淺一寸秋波如箭紅日永綺筵開暗隨仙馭來　遏雲聲迴雪袖占斷曉鶯春柳才送目又顰眉此情誰得知

更漏子　早春

雪藏梅烟著柳依約上春時候初送鴈欲聞鶯緑池波浪生　探花開留客醉憶得去年

情味金盞酒玉爐香任他紅日長

晏叔原

元獻公之暮子自號小山有樂府行于世山谷爲之序

鷓鴣天 佳會

彩袖殷勤捧玉鐘當筵拚却醉顔紅舞低楊柳樓心月歌盡桃花扇底風　從别後憶相逢幾回魂夢與君同今宵剩把銀釭照猶恐相逢是夢中

蝶戀花 别恨

醉别西樓醒不記春夢秋雲聚散眞容易斜月半窗還少睡畫屏閑展吴山翠　衣上酒痕詩裏字點點行行揔是淒涼意紅炬自憐無好計夜闌空替人垂淚

蝶戀花　别恨

夢入江南煙水路行盡江南不與離人遇睡裏消魂無説處覺來惆悵佳期誤　欲盡此情書尺素浮鴈沉魚終了無憑據却倚綺筵歌别緒斷腸移破秦箏柱

蝶戀花　深秋

庭院碧苔紅葉遍黃菊開時已近登高宴日日露荷凋緑扇粉塘烟水明如練　試倚涼風醒酒面鴈字來時恰向層樓見幾點護霜雲影轉誰家蘆管吟秋怨

生查子　閨思

紅塵陌上遊碧柳堤邊住才趂彩雲來又逐飛花去　深深美酒家曲曲幽香路風月有情時揔是相逢處

清平樂　春情

波紋碧皺曲水晴明後折得䟽梅香滿袖暗

喜春紅依舊　歸來紫陌東頭金釵換酒消愁柳影深深細路花梢小小曾樓

阮郎歸

粉痕閑印玉尖纖啼紅傍晚奩舊寒新暖尚相兼梅踈待雪添　春冉冉恨厭厭章臺對卷簾箇人鞭影弄涼蟾樓前側帽簷

秦少游

名觀一字太虚號淮海居士

風流子　初春

東風吹碧草年華換行客老滄洲見梅吐舊

英柳揺新緑惱人春色還上枝頭寸心亂北隨雲黯黯東逐水悠悠斜日半山瞑烟兩岸數聲横笛一葉扁舟　青門同携手前歡記渾似夢裏揚州誰念斷腸南陌回首西樓筭天長地久有時有盡奈何綿綿此恨無休擬待倩人説與生怕伊愁

夢揚州　中春

晚雲收正謝堂烟雨初休燕子未歸惻惻輕寒如秋曲闌干外東風軟望綉幃花密香稠江南遠人何處鷓鴣啼破春愁　長記曾陪

燕遊酬妙舞清歌麗錦纏頭殢酒爲花十載因甚淹留醉鞭拂面歸來晚望翠樓簾捲金鈎佳會阻離情正亂頻夢揚州

滿庭芳 春遊

曉色雲開春隨人意驟雨才過還晴古臺芳榭飛燕蹴紅英舞困榆錢自落秋千外緑水橋平東風裏朱門映柳低按小秦箏 多情行樂處珠鈿翠蓋玉轡紅纓漸酒空金榼花困蓬瀛豆蔻梢頭舊恨十年夢屈指堪驚凭欄久疎烟淡日寂寞下蕪城

江城子 春别

西城楊柳弄春柔動離憂淚難收猶記多情曾爲繫歸舟碧野朱橋當日事人不見水空流　韶華不爲少年留恨悠悠幾時休飛絮落花時節一登樓便做春江都是淚流不盡許多愁

踏莎行 東坡絶愛尾兩句

霧失樓臺月迷津渡桃源望斷無尋處可堪孤館閉春寒杜鵑聲裏斜陽暮　驛寄梅花魚傳尺素砌成此恨無重數郴江幸自遶郴

山爲誰流下瀟湘去

阮郎歸 春晚

退花新緑漸 枝撲人風絮飛秋千未拆水平堤落紅成地衣 遊蝶困亂鶯啼怨春春不知日長早被酒禁持那堪更别離

阮郎歸 旅況

湘天風雨破寒初深沉庭院虚麗譙吹徹小單于迢迢清夜徂 鄉夢斷旅魂孤崢嶸歲又除衡陽猶有鴈傳書郴陽和鴈無

南歌子 贈陶心兒

玉漏迢迢盡銀潢淡淡橫夢回宿酒未全醒已被鄰雞催起怕天明 臂上粧猶在襟間淚尚盈水邊燈火漸人行天外一鉤殘月帶三星末句蓋心字也

賀方回

名鑄少爲武弁以定力寺一絶見奇於舒王山谷又賞其詞遂知名當世小詞一卷名東山寓聲樂府張右史序之

薄倖 憶故人

淡粧多態更滴滴頻回眄睞便認得琴心先許欲綰合歡雙帶記畫堂風月逢迎輕顰淺笑都無奈待翡翠屏開芙蓉帳掩羞把香羅暗解　自過了燒燈都不見踏青挑菜幾回憑雙燕丁寧深意往來却恨重簾礙知何時再正春濃酒困人閑晝永無聊賴厭厭睡起猶有花梢日在

菩薩蠻　閨思

章臺遊冶金龜壻歸來猶帶醺醺醉花漏怯春宵雲屏無限嬌　絳紗燈影背玉枕釵聲

碎不待宿酲消馬嘶催早朝

南柯子 别思

斗酒才供淚扁舟只載愁畫橋青柳小朱樓猶記出城車馬爲遲留　有恨花空委無情水自流河陽新鬢儘禁秋蕭散楚雲巫雨此生休

望湘人 春思

厭鶯聲到枕花氣動簾醉魂愁夢相半被惜餘薰帶驚剩眼幾許傷春春晚淚竹痕鮮佩蘭香老湘天濃暖記小江風月佳時屢約非

烟游伴　須信鸞絃易斷奈雲和再鼓曲終人遠認羅襪無蹤舊處弄波清淺青翰棹艤白蘋洲畔儘目臨皐飛觀不解寄一字相思幸有歸來雙燕

舒信道

名亶神宗朝御史

菩薩蠻　此詞極有味

畫船搥鼓催君去高樓把酒留君住去住若爲情江頭潮欲平　江潮容易得却是人南北今日此樽空知君何日同

菩薩蠻 冬

江梅未放枝頭結 江樓已見山頭雪 待得此花開 知君來未來 風帆雙畫鷁 小雨隨行色 空得鬱金裙 酒痕和淚痕

一落索 春

正是看花天氣 爲春一醉 醉來頭上帶花歸 誰不解 看花意 試問此花明媚 將來誰比 只應花好似年年 花不似 人憔悴

李方叔

名廌 東坡門下士

虞美人

玉闌干外清江浦渺渺天涯雨好風如扇雨如簾時見岸花汀草漲痕添　青林枕上關山路臥想乘鸞處碧蕪千里思悠悠惟有霎時春夢到南州

晁無咎 名補之濟北人

永遇樂 東皐寓居

松菊堂深芰荷池小長夏清暑燕引雛還鳩呼婦往人靜郊原趣麥天已過薄衣輕扇試

起遶園徐步聽衙宇欣欣童稚共說夜來初雨　蒼菅徑裏紫葳枝上數點幽花垂露東里催鋤西鄰助餉相戒清晨去斜川歸興翛然滿目回首帝鄉何處只愁恐輕鞍犯夜霸陵舊路

摸魚兒 幽居

買陂塘旋栽楊柳依稀淮岸湘浦東皐雨足輕痕漲沙觜鷺來鷗聚堪愛處最好是一川夜月光流渚無人自舞任翠幕張天柔茵藉地酒盡未能去　青綾被休憶金閨故步儒

冠曾把身誤弓刀千騎成何事荒了召平瓜
圃君試覷滿青鏡星星鬢影今如許功名浪
語便做得班超封侯萬里歸計恐遲暮

惜分飛 湖州作

山水光中元無暑是我銷魂別處只有多情
雨會人深意留人住　不及梅花來暮未見
荷花又去圖畫他年覷斷腸千古苕溪路

憶少年 送別

無窮官柳無情畫舸無根行客南山尚相送
只高城人隔　罨畫園林溪紺碧筭重來盡

成陳迹劉郎鬢如此况桃花顔色

洞仙歌 泗州中秋作此絶筆之詞也

青烟冪處碧海飛金鏡永夜閑階卧桂影露凉時零亂多少寒蛩神京遠惟有藍橋路近水晶簾不下雲母屏開冷浸佳人淡脂粉待都將許多明付與金樽投曉共流霞傾盡更攜取胡床上南樓看玉做人間素秋千頃

晁叔用

感皇恩 春情

蝴蝶滿西園啼鶯無數小閣橋南路凝竚兩行烟柳摇落一池風絮秋千斜挂起人何處把酒勸君閑愁莫訴留取清歌住休去幾多春色怎禁許多風雨海棠花謝也君知否

玉蝴蝶 春思

目斷江南千里灞橋一望烟水微茫畫鎖重門人去暗惜流光雨輕輕梨花院落風淡淡楊柳池塘恨偏長佩沈湘浦雲散高唐 清狂重來一夢手搓梅子煑酒新嘗寂寞經春小橋依舊燕飛忙玉鈎欄凭多漸暖金縷枕

別久猶香最難忘看花南陌待月西廂

傳言玉女 上元

一夜東風吹散柳梢殘雪御樓烟煖對鼇山彩結簫鼓向晚鳳輦初回宮闕千門燈火九街風月　綉閣人人乍嬉遊困又歌艷粧初試把珠簾半揭嬌波溜人手撚玉梅低說相逢長是上元時節

張子野 名先

青門引 春思

乍暖還輕冷風雨晚來方定庭軒寂寞近清明殘花中酒又是去年病　樓頭畫角風吹醒入夜重門靜那堪更被明月隔墻送過秋千影

滿江紅　初春

飄盡寒梅笑粉蝶遊蜂未覺漸迤邐水明山秀暖生簾幕過雨小桃紅未透舞烟新柳青猶弱記畫橋深處水邊亭曾偷約　多少恨今猶昨愁和悶都忘却拚從前爛醉被花迷著睛鴿試鈴風力軟雛鶯弄舌春寒薄但只

愁錦綉鬬粧時東風惡

行香子 美人

舞雪歌雲閑淡粧勻藍溪水深染輕裙酒香熏臉粉色生春更巧談話美情性好精神

空江無伴淩波何處月橋邊青柳朱門斷鐘殘角又送黄昏奈心中事眼中淚意中人

清平樂

清歌送酒醉臉鮮霞透櫻小杏青寒食後衣換縷金輕綉　畫堂新月朱扉嚴城夜鼓歸遲細看玉人粧面春工不在花枝

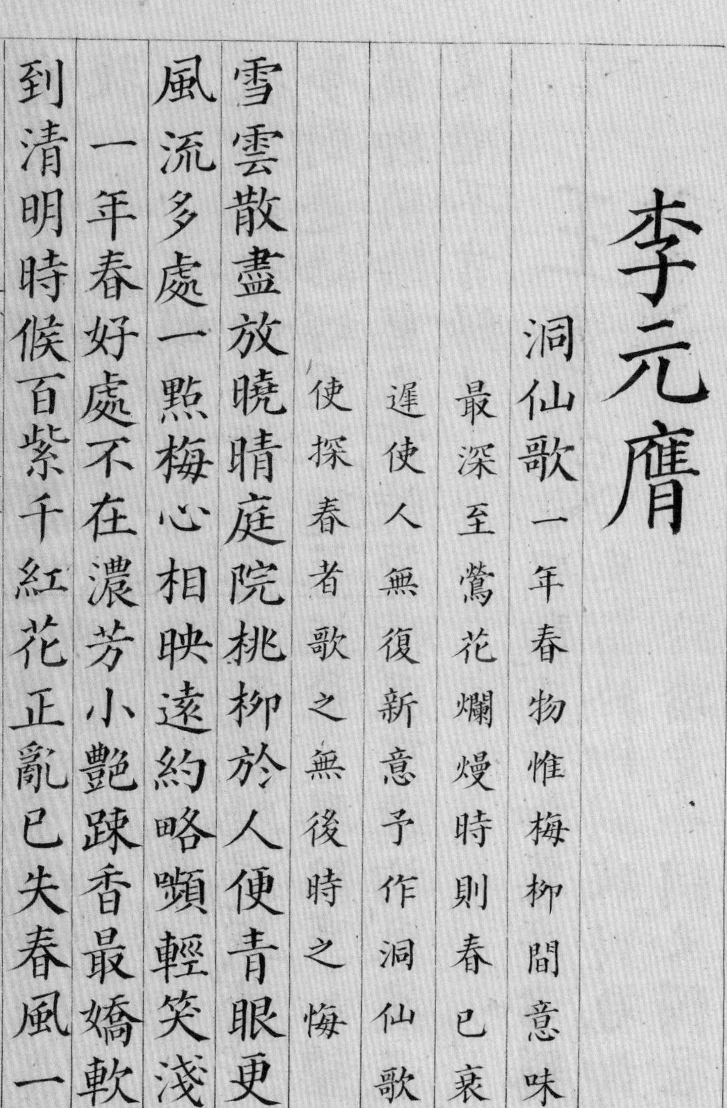

李元膺

洞仙歌一年春物惟梅柳間意味最深至鶯花爛熳時則春已衰遲使人無復新意予作洞仙歌使探春者歌之無後時之悔

雪雲散盡放曉晴庭院桃柳於人便青眼更風流多處一點梅心相映遠約略嚬輕笑淺一年春好處不在濃芳小艷疏香最嬌軟到清明時候百紫千紅花正亂已失春風一

半蚕占取韶光共追遊但莫管春寒醉紅自暖

鷓鴣天　春晴

寂寞秋千兩綉旗日長花影轉堦遲燕驚午夢周遮語蝶困春遊落托飛　思往事入顰眉柳梢陰重又當時薄情風絮難拘束飛過東墻不肯歸

王通叟

名觀有冠柳集序者稱其高於柳詞故曰冠柳至於踏青一詞又獨冠

柳詞之上也踏青詞即
慶清朝慢今載于首

慶清朝慢 踏青

調雨爲酥催氷做水東君分付春還何人便
將輕暖點破殘寒結伴踏青去好平頭鞋子
小雙鸞烟郊外望中秀色如有無間　晴則
个陰則个餖飣得天氣有許多般須教鏤花
撥柳爭要先看不道吴綾繡襪香泥斜沁幾
行斑東風巧盡收翠緑吹在眉山

風流楚楚詞林中之佳公子也世謂柳者

卿工爲浮艷之詞方之此作蔑矣詞名冠

柳豈偶然哉

菩薩蠻 歸思

箄于吹落山頭月漫漫江上沙如雪誰唱縷

金衣水寒船舫稀　蘆花楓葉浦憶抱琵琶

語身未發長沙夢魂先到家

唐宋諸賢絶妙詞選卷第二

唐宋諸賢絶妙詞選卷第三

花菴詞客編

宋詞下

章質夫 名楶

水龍吟 柳花

燕忙鶯懶花殘正堤上柳花飄墜輕飛點畫青林誰道全無才思閑趁游絲靜臨深院日長門閉傍珠簾散漫垂垂欲下依前被風扶起 蘭帳玉人睡覺怪春衣雪霑瓊綴綉床

漸藻香毬無數才圓却碎時見蜂兒仰粘輕粉魚吞池水望章臺路杳金鞍游蕩有盈盈淚

傍珠簾散漫數語形容盡矣

聶冠卿

多麗

想人生美景良辰堪惜向其間賞心樂事古來難是并得況東城鳳臺沁苑泛晴波淺照金碧露洗華桐煙霏絲柳緑陰摇曳蕩春一

色畫堂迥玉簪瓊佩高會盡詞客一本於此分清歡久重然絳蠟別就瑶席　有翩若輕鴻體態暮爲行雨標格逞朱唇緩歌妖麗似聽流鶯亂花隔慢舞縈回嬌鬟低軃腰肢纖細困無力忍分散彩雲歸後何處更尋覓休辭醉明月好花莫謾輕擲

冠卿之詞不多見如此篇亦可謂富麗矣其露洗華桐四句所謂玉中之拱璧珠中之夜光每一觀之撫玩無斁

柳耆卿

名永長於纖麗之詞今取其尤佳者

醉蓬萊　慶老人星現

漸亭皐葉下，隴首雲飛，素秋新霽。華闕中天，鎖葱葱佳氣。嫩菊黄深，拒霜紅淺，近寶階香砌。玉宇無塵，金莖有露，碧天如水。　正值昇平，萬機多暇，夜色澄鮮，漏聲迢遞。南極星中，有老人呈瑞。此際宸遊，鳳輦何處，度管絃聲脆。太液波翻，披香簾捲，月明風細。

永爲屯田員外郎，會太史奏老人星見。時秋霽，宴禁中，仁宗命左右詞臣爲樂章。内侍屬柳應制，柳方冀進用，作此詞奏呈。上

見首有漸字色若不懌讀至宸遊鳳輦何處乃與御製眞宗挽詞暗合上慘然又讀至太液波翻曰何不言波澄投之於地自此不復進用矣

木蘭花慢 清明

折桐花爛熳乍疎雨洗清明正艷杏燒林緗桃繡野芳景如屏傾城盡尋勝賞驟雕鞍紺幰出郊坰風暖繁絃脆管萬家競奏新聲

盈盈鬭草踏青人艷冶遞逢迎向路傍往往遺簪墮珥珠翠縱横歡情對佳麗地任金罍

罄竭玉山傾揥却明朝永日畫堂一枕春酲

玉蝴蝶　春遊

漸覺東郊明媚夜來膏雨一洒塵埃滿目淺桃深杏露染烟裁銀塘静魚鱗簟展烟岫翠龜甲屏開殷晴雷雲中鼓吹遊徧蓬萊徘徊隼旟前後三千珠履十二金釵雅俗熙熙下車成宴盡春臺好雍容東山妓女堪笑傲北海樽罍且追陪鳳池歸去那更重來

雨霖鈴　秋别

寒蟬凄切對長亭晚驟雨初歇都門悵飲無

緒方留戀處蘭舟催發執手相看淚眼竟無語凝噎念去去千里煙波暮靄沈沈楚天濶多情自古傷離别更那堪冷落清秋節今宵酒醒何處楊柳岸曉風殘月此去經年應是良辰好景虚設便縱有千種風流待與何人説

二郎神 七夕

炎光謝過暮雨芳塵輕洒乍露冷風清庭户爽天如水玉鈎遥掛應是星娥嗟久阻叙舊約飈輪欲駕極目處微雲暗度耿耿銀河高

瀉閑雅須知此景古今無價運巧思穿針樓上女擡粉面雲鬟相亞鈿合金釵私語處筭誰在回廊影下願天上人間占得歡娛年年今夜

柳腰輕　贈妓

英英妙舞腰肢軟章臺柳昭陽燕錦衣冠蓋綺堂筵宴是處千金爭選顧香砌絲管初調倚輕風珮環微顫　乍入霓裳促遍逞盈盈漸催檀板慢垂霞袖急趨蓮步進退奇容千變筭何止傾國傾城暫回眸萬人腸斷

畫夜樂 贈妓

秀香家住桃花徑，筭神仙方堪並。層波細剪明眸，膩玉圓搓素頸。愛把歌喉當筵逞。遏天邊、亂雲愁凝。言語似嬌鶯，一聲聲堪聽。

洞房飲散簾幃靜。擁香衾、歡心稱。金爐麝裊青烟，鳳帳燭搖紅影。無限狂心乘酒興。這歡娱、漸入佳境。猶自怨鄰鷄，道秋宵不永。

趙德麟

清平樂 春情

春風依舊著意隋堤柳搓得鵝兒黃欲就天氣清明厮勾　去年紫陌青門今宵雨魄雲魂斷送一生憔悴能消幾箇黃昏

思越人　情景

可是相逢意便深爲郎巧笑不須金門前一尺春風髻窓内三更夜雨衾　情渺渺信沉沉青鸞無路寄芳音山城鐘鼓愁難聽不解襄王夢裏尋

烏夜啼　春思

樓上縈簾弱絮墻頭礙月低花年年春事關

心事腸斷欲棲鴉　舞鏡鸞衾翠減啼珠鳳
蠟紅斜重門不鎖相思夢隨意遶天涯

毛澤民

名雱有東堂集十卷

玉樓春　立春

小春年夜東風轉吹皺氷池雲母面曉披闥
闔見朝陽知向碧墀添幾線　小烟弄柳晴
先暖殘雪禁梅香尚淺殷勤洗拂舊東君多
少韶華都借看

相見懽　秋思

十年湖海扁舟幾多愁白髮青燈今夜不宜秋　中庭樹空堦雨思悠悠寂寞一生心事五更頭

西江月　春夕

烟雨半藏楊柳風光初著桃花主人細細酌流霞醉裏將春留下　柳外鴛鴦作伴花邊蝴蝶爲家醉翁醉裏也隨他月在柳橋花榭

謝無逸

名逸臨川進士自號溪堂

南歌子　春夜

雨洗溪光淨風掀柳帶斜畫樓朱户玉人家
簾外一眉新月浸梨花　金鴨香凝袖銅荷
燭映紗鳳盤宫錦小屏遮夜靜寒生春笋理
琵琶

南鄉子　美人

淺色染春衣衣上雙雙小鴈飛袖捲藕絲寒
玉瘦彈棊贏得尊前酒一巵　氷雪拂胭脂
絳蠟香融落日西唱徹陽關人欲去依依醉
眼横波翠黛低

江神子　美人

破瓜年紀柳腰身懶精神帶羞嗔手把江梅
氷雪鬬清新不向鴉兒飛處著留乞與眼中
人　水精船裏酒鱗鱗皺香茵駐行雲舞罷
歌餘花困不勝春問著些兒心底事才囒笑
又眉顰

徐師川

名俯號東湖山谷之甥

卜筭子　春愁

天生百種愁掛在斜陽樹緑葉陰陰占得春
草滿鶯啼處　不見凌波步空憶如簧語柳

外重重疊疊山遮不斷愁來路

王履道

名安中有文章盛名
號初寮先生

洞仙歌 情景

深庭夜寂但涼蟾如晝鵲起高槐露華透聽
曲樓玉筦吹徹伊州金釧響軋軋朱扉暗扣
迎人巧笑道好个今宵怎不相尋暫攜手見
淡淨晚粧殘對月偏宜多情更越饒纖瘦早
促分飛霎時休便恰似陽臺夢雲歸後

清平樂 春宴

花時微雨未減春分數占取簾踈花密處把
酒聽歌金縷　斜風輕度濃香閑情正與春
長向晚紅燈入座嘗新青杏催觴

玉樓春 春情

飛鴻只解留筝柱終寄青樓書不去手因春
夢有攜時眼到花梢無看處　泥金小字回
文句翠袖紅裙知在否欲尋楚館舊時雲看
取高唐臺畔路

小冲仙 夜宴

椽燭垂珠清漏長酒黏衫袖濕有餘香紅牙

雙捧旋排行將歌處想句更匀粧　明月映東墻海棠花逕密近流光遲留春筍緩催觴蘭堂靜人已候虛廊

葉道卿 名清臣

賀聖朝　留别

滿斟緑醑留君住莫匆匆歸去三分春色二分愁更一分風雨　花開花謝都來幾許且高歌休訴不知來歲牡丹時再相逢何處

蔣元龍 名子雲

阮郎歸春雨

小池芳草緑初匀柳寒眉尚顰東風吹雨細於塵一庭花臉皺　鶯共蝶怨還嗔眼前無好春這般天氣煞愁人人愁旋旋新

周美成

名邦彦初進汴都賦得官徽廟時提舉大晟樂府官至待制詞名清真詩餘

瑞龍吟春詞

章臺路還見褪粉梅梢試花桃樹愔愔坊陌

人家定巢燕子歸來舊處　黯凝竚因記箇人癡小乍窺門戶侵晨淺約宮黄障風映袖盈盈笑語　前度劉郎重到訪鄰尋里同時歌舞惟有舊家秋娘聲價如故吟牋賦筆猶記燕臺句知誰伴名園露飲東城閑步事與孤鴻去探春盡是傷離意緒官柳低金縷歸騎晚纖纖池塘飛雨斷腸院落一簾風絮

今按此詞自章臺路至歸來舊處是第一段自黯凝竚至盈盈笑語是第二段此謂之雙拽頭屬正平調自前度劉郎以下即

犯大石係第三段至歸騎晚以下四句再歸正平今諸本皆於吟牋賦筆處分段者非也

陽浦蓮近 夏景

新篁搖動翠葆曲徑通深窈夏果收新脆金丸落驚飛鳥濃靄迷岸草蛙聲鬧驟雨鳴池沼水亭小 浮萍破處簾花簷影顛倒綸巾羽扇困卧北窓清曉屏裏吳山夢自到驚覺依然身在江表

西河 金陵懷古

佳麗地南朝盛事誰記山圍故國遶清江髻鬟對起怒濤寂寞打空城風檣遥度天際斷崖樹猶倒倚莫愁艇子曾繫空餘舊迹鬱蒼蒼霧沈半壘夜深月過女墻來傷心東望淮水　酒旗戲鼓甚處市想依俙王謝鄰里燕子不知何世向尋常巷陌人家相對如説興亡斜陽裏

解連環　怨別

怨懷難託嗟情人斷絶信音遼邈縱妙手能解連環似風散雨收霧輕雲薄燕子樓空暗

塵鎖一床絃索想移根換葉自是舊時手種
紅藥汀洲漸生杜若料舟移岸曲人在天
角謾記得當日音書把閑語閑言待總燒却
水驛春回望寄我江南梅萼拚今生對花對
酒爲伊淚落

齊天樂 秋詞

緑蕪凋盡臺城路殊鄉又逢秋晚暮雨生寒
鳴蛩勸織深閣時聞裁剪雲窓靜掩嘆重拂
羅裀頓疎花簟尚有疎囊露螢清夜照書卷
荆江留滯最久故人相望處離思何限渭

水西風長安亂葉空憶詩情宛轉凭高眺遠正玉液新蒭蟹螯初薦醉倒山翁但愁斜照斂

解蹀躞　秋詞

候館丹楓吹盡田旋隨風舞夜寒霜月飛來伴孤旅還是獨擁秋衾夢餘酒困都醒滿懷離苦　甚情緒深念凌波微步幽房暗相遇淚珠都作秋宵枕前雨此恨寄驛難通待憑征鴈歸時寄將愁去

晁次膺

宣和間充大晟府協律

郎與万俟雅言齊名按

月律進詞

水龍吟 早春

倦遊京洛風塵夜來病酒無人問九衢雪小千門月淡元宵燈近香散梅梢凍消池面一番春信記南樓醉裏西城宴闋都不管人春困屈指流年未幾早驚人潘郎雙鬢當時體態而今情緒多應瘦損馬上墻頭縱教瞥見也難相認凭闌干但有盈盈淚眼把羅襟揾

万俟雅言 精於音律自號詞隱崇寧中充大晟府製撰依月用律製詞故多應制所作有大聲集五卷周美成爲序山谷亦稱之爲一代詞人

三臺清明應制

見梨花初帶夜月海棠半含朝雨內苑春不禁過青門御溝漲潛通南浦東風靜細柳垂金縷望鳳闕非煙非霧好時代朝野多懽徧

九陌太平簫鼓乍鶯兒百囀斷續燕子飛來飛去近緑水臺榭映秋千鬭草聚雙雙遊女餳香更酒冷踏青路會暗識夭桃朱戶向晚驟寶馬雕鞍醉襟惹亂花飛絮正輕寒輕暖漏永半陰半晴雲暮禁火天已是試新粧歲華到三分佳處清明看漢宮傳蠟炬散翠煙飛入槐府斂兵衛閶闔門開住傳宣又還休務

安平樂慢 都門池苑應制

瑞日初遲緒風乍暖千花百草爭香瑤池路

穩閬苑春深雲樹水殿相望柳曲沙平看塵隨青蓋絮惹紅粧賣酒緑陰傍無人不醉春光　有十里笙歌万家羅綺身世疑在仙鄉行樂知無禁五侯半隱少年塲舞妙曲妍空妬得鶯嬌燕忙念芳菲都來幾日不堪風雨踈狂

昭君怨

春到南樓雪盡驚動燈期花信小雨一番寒倚闌干　莫把闌干倚一望幾重烟水何處是京華暮雲遮

潘元質

倦尋芳　閨思

獸鐶半掩鴛甃無塵庭院瀟洒樹色沈沈春盡燕嬌鶯姹夢草池塘春漸滿海棠軒檻紅相亞聽簫聲記秦樓夜約彩鸞齊跨　漸迤邐更催銀箭何處貪懽猶繫驕馬旋剪燈花兩點翠眉誰畫香減羞囬空帳裏日高猶在重簾下恨踈狂待歸來碎揉花打

蘇養直　名伯固號後湖居士

鷓鴣天

楓落河梁野水秋淡烟衰草接郊丘醉眠小塢黄茅店夢倚高城赤葉樓　天杳杳路悠悠鈿箏歌扇等閑休灞橋楊柳年年恨鴛浦芙蕖葉葉愁

木蘭花令

江雲疊疊遮鴛浦江水無情流薄暮歸帆初張葦邊風客夢不禁篷背雨　渚花不解留人住只作深愁無盡處白沙烟樹有無中鴈落滄洲何處所

孫浩然

離亭燕

一帶江山如畫，風物向秋瀟洒。水浸碧天何處斷，霽色冷光相射。蓼嶼荻花洲，掩映竹籬茅舍。　雲際客帆高挂，烟外酒旗低亞。多少六朝興廢事，盡入漁樵閑話。悵望倚層樓，寒日無言西下。

魯逸仲

詞意婉麗，似万俟雅言

惜餘春慢尋景

弄月餘花團風輕絮露濕池塘春草鶯鶯戀友燕燕將雛惆悵睡殘清曉還似初相見時攜手旗亭酒香梅小自登臨長是傷春滋味淚彈多少　因甚却輕許風流終非長久又說分飛煩惱羅衣瘦損綉被香消那更亂紅如掃門外無窮路歧天若有情須老念高唐歸夢凄涼何處水流雲遶

劉偉明　名弇號龍雲先生

洞仙歌 別恨

凄涼楚弄行客腸應斷濤捲秋容暗淮甸去年時正是今日孤舟煙浪裏身與江雲共遠別來單枕夢幾過滄洲皓月而今爲誰滿薄倖苦無端誤却嬋娟有人在玉樓天半最不慣西風破帆來甚時節收拾望中心眼

陸敦信

感皇恩 旅思

殘角兩三聲催登古道遠水長山又重到水

聳山色看盡輪蹄昏曉風頭日脚下人空老
匹馬舊時西征談笑緑鬢朱顔正年少旗
亭斗酒任是十千傾倒而今酒興減詩情少

何子初 名籕

宴清都 春詞

細草沿堦軟遲日薄蕙風輕靄微暖春工靳
惜桃紅尚小柳芽猶短羅幃綉幕高捲又早
是歌慵笑懶凭畫樓那更天遠山遠水遠人
遠 堪歎傳粉疎狂竊香俊雅無計拘管青

絲絆馬紅巾寄羽甚時迷戀無言淚珠零亂
翠袖滴重重漬徧要知別後思量歸時覷見

沈會宗

小冲山　初夏

花過園林清蔭濃琅玕新脫箏綠成叢語聲
只在小樓東閑欹枕敵面芰荷風　長日敞
簾櫳輕塵飛不到畫堂空一尊今夜與誰同
人如玉相對月明中

驀山溪　惜別

想伊不住船在藍橋路别語未甘聽更忍問而今是去門前楊柳幾日轉西風將行色欲留心忽忽城頭鼓　一番幽會只覺添愁緒解后却相逢又還有此時歡否臨歧把酒莫惜十分斟尊前月月中人明夜知何處

陳子高

名克天台人吕安老帥建康辟爲參議有赤城詞一卷

山花子　佳人

鬆慢梳頭淺畫眉亂鶯殘夢起多時不道小庭花露濕剪荼蘼　簾額好風低燕子窓油

晴日打蜂兒翠袖粉牋閑弄了寫新詩

鷓鴣天 憶舊

小市橋彎更向東便門長記舊相逢踏青會散秋千下鬢影衣香怯晚風　悲往事向孤鴻斷腸腸斷舊情濃梨花深院黄茅店綉被春寒此夜同

曹元寵

名組工諧詞有寵於徽

豆葉黄 新晴

樹頭初日鵓鴣鳴野店山橋新雨晴短褐無泥竹杖輕水泠泠梅片飛時春草青

宗任膚思殿待制

青玉案 旅情

田園有計歸須早在家縱貧亦好南去北來何日了光陰送盡可憐青鬢暗逐流年老

寂寥孤館殘燈照正鄉思驚時夢初覺落月蒼蒼關河曉一聲鷄唱馬嘶人起又上長安道

憶少年 春恨

年時酒伴年時去處年時春色清明又近也

却天涯爲客　念過眼光陰難再得想前歡

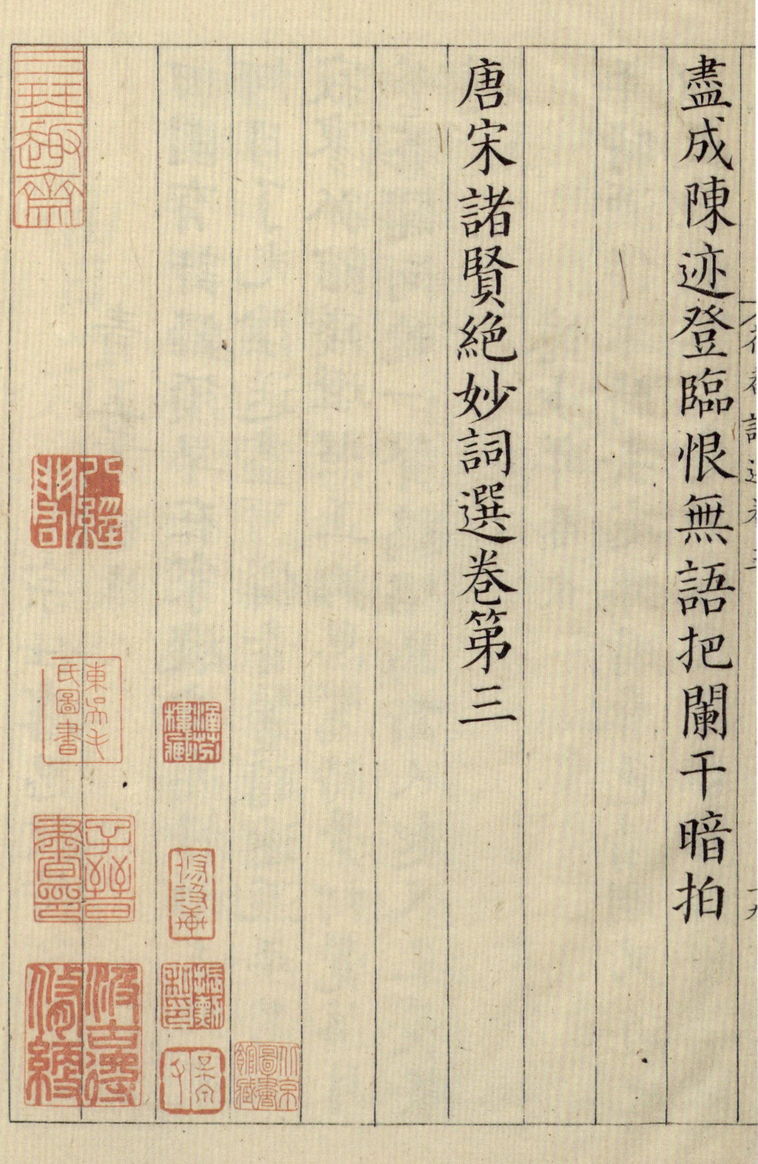

盡成陳迹登臨恨無語把闌干暗拍

唐宋諸賢絕妙詞選卷第三

絶妙好詞

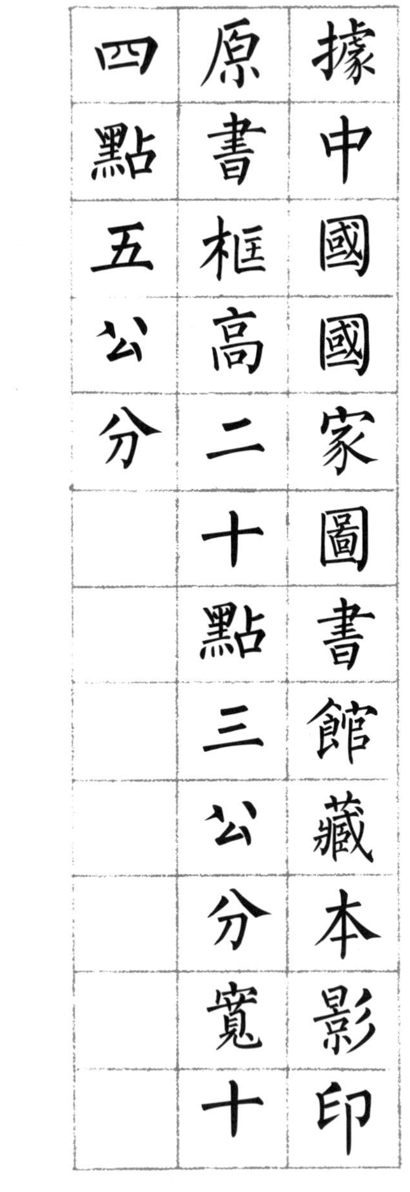

據中國國家圖書館藏本影印
原書框高二十點三公分寬十
四點五公分

下

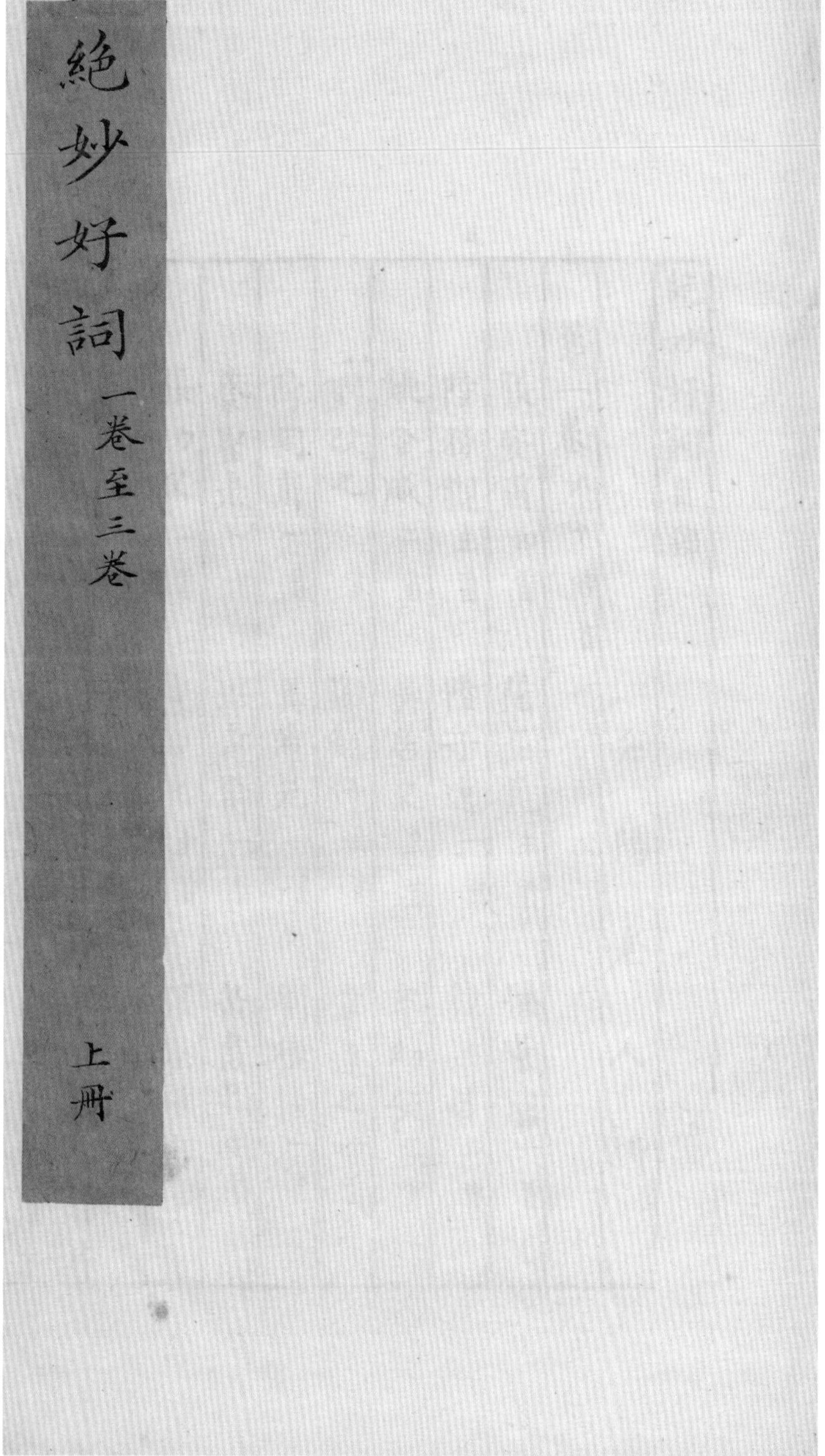
絶妙好詞
一卷至三卷
上册

絶妙好詞目録

弁陽老人緝

第一卷 六十四首

張安國 四首　范至能 五首　洪景盧 一首
陸務觀 三首　陸子逸 一首　韓無咎 二首
姚令威 二首　吴居父 三首　辛幼安 三首
劉改之 三首　謝勉仲 四首　章達之 一首
陳同甫 一首　真希元 一首　劉德修 一首
蔡堅老 一首　洪舜俞 一首　岳肅之 二首
張功父 二首　盧申之 十首　張思順 二首
周晉仙 一首　徐道輝 三首　俞商卿 一首
潘庭堅 一首　劉武子 三首　劉圻父 一首

張武子 一首

第二卷 五十九首

姜夔 十三首　劉叔擬 五首　孫季蕃 五首

史邦卿 十首　高賓王 九首　劉叔安 一首

張宗瑞 五首　李知幾 一首　李子永 一首

李仲鎮 一首　鄭中卿 一首　王季夷 二首

蔡伯堅 二首　韓子畊 三首

第三卷 六十二首

劉潛夫 四首　吴毅夫 二首　尹惟曉 三首

趙用父 一首　姚希聲 一首　羅子遠 一首

方巨山 一首　楊彦瞻 一首　周明叔 三首

楊纘翁 三首　孟賓暘 三首　趙參晦 五首

馮可遷一首　許忱夫三首　陸景思一首
蕭則陽一首　趙端行一首　趙漢宗二首
趙清中二首　王身甫一首　趙慶御一首
樓考父二首　鍾改之一首　李子我七首
黃元易二首　陳次賈二首　黃叔暘一首
李振祖一首　薛叔載四首　曾舜卿一首

第四卷五十五首

吳君特十六首　翁時可五首　鄭持正一首
黃德父二首　江開之二首　譚明之二首
陳振祖二首　樓君亮六首　奚倬然二首
趙立之六首　施仲山十一首

第五卷五十四首

陳君衡九首　張斗南六首　李廣翁六首
莫子山四首　丁基仲一首　儲文卿一首
趙叔午一首　樓叔茂二首　史吉甫一首
周彦良二首　楊子咸一首　楊充之六首
何謙履一首　趙元晉二首　趙元建一首
毛元白一首　潘希白一首　李元暉二首
利履道一首　曹擇可一首　劉養源三首
張成子一首

第六卷五十六首
李商隱十二首　李周隱十三首　應堯成二首
王景陽一首　余子發一首　胡希聖一首
尚莘老一首　柴仲山一首　朱藻一首

黄晞顔一首　王與之一首　王景周二首
王理得三首　張惟月二首　張叔安二首
張去非二首　朱令則一首　吴有大一首
張叔夏三首　趙有德一首　范景文一首
鄭丙文一首　曹之才一首　董明德一首

第七卷四十一首

周公謹廿二首　王聖與十首　趙堯父六首
仇仁近三首

絶妙好詞目録

詞目

弁陽老人緝

卷第一 六十四首

于湖張孝祥安國 四首

念奴嬌　西江月　清平樂

菩薩蠻

石湖范成大至能 五首

醉落魄　朝中措　眼兒媚

憶秦娥　霜天曉角

野處洪邁景盧 一首

踏莎行

放翁陸游務觀 三首

朝中措　烏夜啼二首

雪溪陸淞子逸一首

瑞鶴仙

南澗韓元吉無咎二首

水龍吟　好事近

西溪姚寬令威二首

菩薩蠻　生查子

雲壑吳琚居父三首

柳梢青　浪淘沙二首

稼軒辛棄疾幼安三首

摸魚兒　瑞鶴仙　祝英臺近

龍州劉過改之三首

賀新郎　糖多令　醉太平

靜寄謝懋勉仲四首

鷰山溪　風入松　浪淘沙

霜天曉角

嘉林章良能達之一首

小重山

龍川陳亮同甫一首

水龍吟

西山真德秀希元一首

蝶戀花

後谿劉光祖德修一首

洞仙歌

雲壑蔡柟堅老一首

鷓鴣天

平齋洪咨夔舜俞一首

眼兒媚

倦翁岳珂肅之二首

滿江紅　生查子

約齋張鎡功甫二首

念奴嬌　昭君怨

蒲江盧祖皐申之十首

宴清都　江城子　賀新郎

倦尋芳　清平樂二首　謁金門二首

烏夜啼二首

遊初張履信思順二首
柳梢青　謁金門
山楹周文璞晉仙一首
一剪梅
山民徐照道輝三首
南歌子　清平樂　阮郎歸
青松俞灝商卿一首
點絳唇
紫岩潘昉庭堅一首
南鄉子
小山劉翰武子三首
好事近　蝶戀花　清平樂

篁嵲劉子寰圻父 一首

霜天曉角

雪窻張景臣武子 一首

西江月

卷第二 五十九首

白石姜夔堯章 十三首

暗香　踈影　楊州慢

玲瓏四犯　琵琶仙　法曲獻仙音

念奴嬌　一萼紅　齊天樂

淡黃柳　小重山　點絳唇

惜紅衣

招山劉仙倫叔擬 五首

江神子　菩薩蠻　蝶戀花
一剪梅　霜天曉角
花翁孫惟信季蕃五首
晝錦堂　夜合花　燭影揺紅
醉思凡　南鄉子
梅谿史達祖邦卿十首
綺羅香　雙雙燕　夜行船
東風第一枝二首　黄鐘喜遷鶯
清商怨　蝶戀花　玉樓春
青玉案
竹屋高觀國賓王九首
齊天樂　玉樓春　金人捧露盤二

祝英臺近　思佳客　霜天曉角

風入松　謁金門

隨如劉鎮叔安一首

玉樓春

東澤張輯宗瑞五首

桂枝香　長相思　謁金門

念奴嬌　祝英臺近

方舟李石知幾一首

木蘭花令

蘭溪李泳子永一首

定風波

李鼒仲鎮一首

清平樂

松窻陸域中卿 一首

昭君怨

貴英王嵎季夷 二首

祝英臺近　夜行船

蕭閑蔡松年伯堅 二首

鷓鴣天　尉遲盃

蕭閒韓疁子畊 三首

高陽臺　浪淘沙 二首

卷第三 六十二首

後村劉克莊潛夫 四首

摸魚兒　卜算子　清平樂

生查子

履齋吴潛毅夫 二首

滿江紅　南柯子

梅津尹焕惟曉 三首

霓裳中序第一　眼兒媚　糖多令

虚齋趙以夫用甫 一首

憶舊游慢

雪蓬姚鏞希聲 一首

謁金門

澗谷羅椅子遠 一首

柳梢青

秋崖方岳巨山 一首

江神子
泳齋楊伯嵒彥瞻一首
踏莎行
嘯齋周晉明叔三首
點絳唇　清平樂　柳梢青
守齋楊纘繼翁三首
八六子　一枝春　被花惱
五峯翁孟寅賓暘三首
齊天樂　燭影搖紅　阮郎歸
霞山趙汝茪參晦五首
梅花引　夢江南　戀繡衾
漢宮春　如夢令

深居馮去非可遷一首

喜遷鶯

梅屋許棐忱夫三首

鷓鴣天　琴調相思引　後庭花

雲西陸叡景思一首

瑞鶴仙

小山蕭泰來則陽一首

霜天曉角

西里趙希邁端行一首

八聲甘州

白雲趙崇嶓漢宗二首

蝶戀花　菩薩蠻

十洲趙希彰清中二首
霜天曉角　秋蘂香
瓦全王澡身甫一首
霜天曉角
昆侖趙與鄉慶御一首
謁金門
曲澗樓槃考甫二首
霜天曉角二首
梅心鍾過改之一首
步蟾宫
蟫州李肩吾子我七首
楓毬樂　風流子　清平樂

詞

風入松　烏夜啼　清平樂

鷓鴣天

東浦黄蘭元易二首

柳梢青　玉樓春

南墅陳策次賈二首

摸魚兒　滿江紅

玉林黄曇叔暘一首

清平樂

中山李振祖一首

浪淘沙

梯飈薛夢桂叔載四首

醉落魄　眼兒媚　三姝媚

浣溪沙
懶翁曾揆舜卿一首
西江月

卷第四五十五首

夢窗吳文英君特十六首
八聲甘州　聲聲慢　青玉案二首
好事近　糖多令　高陽臺
杏花天　風入松　朝中措
西江月　浪淘沙　高陽臺
思嘉客　采桑子慢　三姝媚
處靜翁元龍時可五首
水龍吟　風流子　醉桃源

謁金門　絳都春

眉齋鄭楷持正一首

訴衷情

雪舟黄孝邁德父二首

湘春夜月　水龍吟

月湖江開開之二首

浣溪沙　杏花天

在菴譚宣子明之二首

謁金門　江城子

存熙陳逢辰振祖二首

烏夜啼　西江月

樓采君亮六首

瑞鶴仙　王漏遲　法曲獻仙音
好事近　二郎神　玉樓春
秋厓奚滅倬然二首
芳草　華胥引
釣月趙聞禮立之六首
千秋歲　魚遊春水　風入松
水龍吟　隔浦蓮近　賀新郎
梅川施岳仲山十一首
水龍吟　清平樂

蘭陵王
曲游春　步月

卷第五 五十四首

西麓陳允平君衡 九首

絳都春　瑞鶴仙　思佳客

戀綉衾　糖多令　滿江紅

秋蘂香　一落索　垂楊

寄閒張樞斗南 六首

瑞鶴仙　風入松　南歌子

謁金門　慶宫春　壼中天

秋堂李演廣翁 六首

摸魚兒　聲聲慢　醉桃源

南鄉子　八六子　祝英臺近

兩山莫崙子山 四首

水龍吟　玉樓春　生查子
卜算子
宏菴丁宥基仲一首
水龍吟
華谷儲泳文卿一首
齊天樂
寒泉趙汝迕叔午一首
清平樂
梅麓樓扶叔茂二首
水龍吟　菩薩蠻
梅屋史介翁吉父一首
菩薩蠻

葵窻周端臣彥良二首

木蘭花慢　玉樓春

學舟楊子咸一首

木蘭花慢

西村湯恢充之六首

二郎神　倦尋芳　滿江紅

祝英臺近二首　八聲甘州

半湖何光大謙履一首

謁金門

氷壺趙溍元晉二首

臨江仙　吳山青

平遠趙淇元建一首

謁金門

吾竹毛珝元白 一首

浣溪沙

漁莊潘希白懷古 一首

大有

鶴田李珏元暉 二首

擊梧桐　木蘭花慢

碧瀾利登履道 一首

風入松

松山曹邍擇可 一首

玲瓏四犯

江村劉瀾養源 三首

慶宮春　瑞鶴仙　齊天樂

梅深張龍榮戍子一首

摸魚兒

卷第六五十六首

篔房李彭老商隱十二首

木蘭花慢　壺中天　高陽臺二首

法曲獻仙音　一萼紅　探芳訊

祝英臺近　踏莎行　浪淘沙

四字令　生查子

秋崖李萊老周隱十三首

惜紅衣　青玉案　楊州慢

謁金門　浪淘沙　生查子

高陽臺　木蘭花慢　清平樂
臺城路　浪淘沙　杏花天
小重山
芝室應灋孫堯成二首
霓裳中序第一　賀新郎
松間王億之景陽一首
高陽臺
野雲余桂英子發一首
小桃紅
葦航胡仲弓希聖一首
謁金門
畏齋尚希尹莘老一首

浪淘沙

秋堂柴望仲山 一首

念奴嬌

野逸朱藻 一首

采桑子

乙山黄鑄晞顔 一首

秋蘂香

花洲王同祖與之 一首

阮郎歸

梅山王茂孫景周 二首

高陽臺　　點絳唇

可竹王易簡理得 三首

齊天樂　醉月　慶宫春
竹山張桂惟月 二首
菩薩蠻　浣溪沙
梅崖張槃叔安 二首
綺羅香　浣溪沙
樗岩張林去非 二首
糖多令　柳梢青
萬山朱昴孫令則 一首
真珠簾
松壑吴大有有大 一首
點絳唇
玉田張炎叔夏 三首

壺中天　渡江雲　甘州

蓮𢋒趙崇宵有得一首

東風第一枝

葯莊范晞文景文一首

意難忘

松窗鄭斗煥丙文一首

新荷葉

梅南曹良史之才一首

江城子

静傳董嗣杲明德一首

湘月

卷第七四十一首

草窗周密公謹二十三首

夷則商國香慢　一蕚紅

掃花遊　三姝媚　獻仙音

高陽臺二首　慶宫春　探芳信

水龍吟　四字令　西江月二首

江城子　少年游　好事近

醉落魄二首　朝中措　浣溪沙

甘州　踏莎行

碧山王沂孫聖與十首

醉蓬萊　法曲獻仙音　淡黄柳

一蕚紅　長亭怨　慶宫春

高陽臺　西江月　踏莎行

醉落魄

學舟趙𢎞仁元父 六首

柳梢青　琴調相思引　西江月

清平樂　好事近　浣溪沙

山村仇遠仁近 三首

玉蝴蝶　生查子　八犯玉交枝

詞目

絶妙好詞卷第一

弁陽老人緝

于湖張孝祥安國

念奴嬌 過洞庭

洞庭青草近中秋更無一點風色玉界瓊田三萬頃著我扁舟一葉素月分輝明河共影表裏俱澄澈悠然心會妙處難與君說 應念嶺表經年孤光自照肝膽皆氷雪短髮蕭騷襟袖冷穩泛滄浪空闊盡吸西江細斟北斗萬象爲賓客扣舷獨嘯不知今夕何夕

西江月 丹陽湖

問訊湖邊春色重來又是三年東風吹我過湖船楊

柳絲絲拂面　世路如今已慣此心到處悠然寒光庭下水連天飛起沙鷗一片

清平樂

光塵撲撲宮柳低迷緑鬬鴨闌杆春詰曲簾額微風繡蹙　碧雲青翼無憑困来小倚雲屏楚夢不禁春晚黄鸝猶自聲聲

菩薩蠻

東風約略吹羅幙一簷細雨春陰薄試把杏花看濕雲嬌莫寒　佳人雙玉枕烘醉鴛鴦錦折得最繁枝暖香生翠幃

石湖范成大至能

醉落魄

栖烏飛絶絳河緑霧星明滅燒香曳簟眠清樾花影
吹笙滿地淡黄月　好風碎竹聲如雪昭華三弄臨
風咽鬢絲撩亂綸巾折凉滿北窻休共軟紅説

朝中措

長年心事寄林扃塵鬢　星星芳意不如水遠歸心
欲與雲平　留連一醉花殘日永雨後山明從此量
船載酒莫教閑却春晴

眼兒媚

酣酣日脚紫煙浮妍暖試輕裘困人天氣醉人花底
午夢扶頭　春慵恰似春塘水一片縠紋愁溶溶洩
洩東風無力欲皺還休

憶秦娥

柳絲絲拂面　世路如今已慣此心到處悠然寒光
庭下水連天飛起沙鷗一片

清平樂

光塵撲撲宮柳低迷綠鬬鴨闌杆春詰曲簾額微風
繡蹙　碧雲青翼無憑困來小倚雲屏楚夢不禁春
晚黄鸝猶自聲聲

菩薩蠻

東風約略吹羅幙一簷細雨春陰薄試把杏花看濕
雲嬌莫寒　佳人雙玉枕烘醉鴛鴦錦折得最繁枝
暖香生翠幃

石湖范成大至能

醉落魄

栖烏飛絶絳河緑霧星明滅燒香曳簟眠清樾花影
吹笙滿地淡黄月 好風碎竹聲如雪昭華三弄臨
風咽鬢絲撩亂綸巾折涼滿北窻休共軟紅説

表一二葉五行口柯刻已
二十行庵柯刻處
廿二行嶠柯刻款
目兒 如

酣酣日脚紫煙浮妍暖試輕裘困人天氣醉人花底
午夢扶頭 春慵恰似春塘水一片縠紋愁溶溶洩
洩東風無力欲皺還休

憶秦娥

樓陰缺闌杆影卧東廂月東廂月一天風露杏花如雪　隔煙催漏金虬咽羅幃暗淡燈花結燈花結片時春夢江南天闊

霜天曉角

晚晴風歇一夜春威折脉脉花疎天淡雲來去數枝雪　勝絶愁亦絶此情誰共説惟有兩行低鴈知人倚畫樓月

野處洪邁景盧

踏莎行

院落深沉池塘寂静簾鈎捲上梨花影寶箏拈得鴈難尋篆香銷盡山空冷　釵鳳斜𣑱鬢蟬不整殘紅泣褪慵看鏡杜鵑啼月一聲聲等閑又是三春盡

放翁陸游務觀

朝中措　梅

幽姿不入少年場無語只淒涼一箇飄零身世十分冷淡心腸　江頭月底新詩舊夢孤恨清香任是東風不管也曾先識東皇

烏夜啼

金鴨餘香尚暖緑窗斜日偏明蘭膏香染雲鬟膩釵墜滑無聲　冷落秋千伴侶闌珊打馬心情繡屏驚斷瀟湘夢花外一聲鶯

又

紈扇嬋娟素月紗巾縹緲輕烟高槐葉長陰初合清潤雨餘天　弄筆斜行小草鉤簾淺醉閑眠更無一

樓陰缺闌杆影卧東廂月東廂月一天風露杏花如雪　隔煙催漏金虬咽羅幃暗淡燈花結燈花結片時春夢江南天闊

霜天曉角

晚晴風歇一夜春威折脉脉花疏天淡雲來去數枝雪　勝絶愁亦絶此情誰共説惟有兩行低鴈知人倚畫樓月

野處洪邁景盧

踏莎行

院落深沉池塘寂静簾鈎捲上梨花影寶箏拈得鴈難尋篆香銷盡山空冷　釵鳳斜欹鬢蟬不整殘紅泣褪慵看鏡杜鵑啼月一聲聲等閑又是三春盡

放翁陸游務觀

朝中措 梅

幽姿不入少年場無語只淒涼一箇飄零身世十分冷淡心腸　江頭月底新詩舊夢孤恨清香任是東

又

紈扇嬋娟素月紗巾縹緲輕烟高槐葉長陰初合清潤雨餘天　弄筆斜行小草鉤簾淺醉閑眠更無一

點塵埃到枕上聽新蟬

雪溪陸淞子逸

瑞鶴仙

臉霞紅印枕睡覺來冠兒還是不整屏間麝煤冷但眉峰壓翠淚珠彈粉堂深晝永燕交飛風簾露井恨無人說與相思近日帶圍寬盡　重省殘燈朱幌淡月紗窗那時風景陽臺路迥雲雨夢便無準待歸来先指花梢教看却把心期細問問因循過了青春怎生意穩

南澗韓元吉無咎

水龍吟　書英華事

雨餘疊巘浮空望中秀色仙都是洞天未鎖人間春

老王妃曾墜錦瑟繁絃鳳簫清響九霄歌吹問分香舊事劉郎去後知誰伴風前醉　回首暝煙千里但紛紛落紅如洗多情易老青鸞何許詩成誰寄斗轉參橫半簾花影一溪寒水悵飛鳧路杳行雲夢斷有三峯翠

好事近　汴京賜宴

凝碧舊池頭一聽管絃淒切多少梨園聲在總不堪華髮　杏花無處避春愁也傍野花發惟有御溝聲斷似知人嗚咽

西溪姚寬令威

菩薩蠻

斜陽山下明金碧畫樓返照融春色睡起揭簾旌玉

人蟬鬢輕　無言空竚立花落東風急燕子引愁來

眉愁那得開

生查子

郎如陌上塵妾似堤邊樹相見兩悠揚蹤跡無尋處

酒面撲春風淚眼零秋雨過了別離時還解相思

否

雲壑吴琚居父

柳梢青 元日立春

綵仗鞭春椒盤迎旦斗柄回寅拂面東風雖然料峭

終是寒輕　帶花折柳心情怎捱得元宵放燈不是

東園有些残雪先去踏青

浪淘沙

雲葉弄輕陰屋角鳩鳴青梅著子欲生仁冷落江天寒食雨花事關情　池館晝盈盈人耐寒輕一川芳草只銷凝時有入簾新燕子明日清明

又

岸柳可藏鴉路轉溪斜忘機鷗鷺立汀沙只尺鍾山迷望眼一半雲遮　臨水整烏紗兩鬢蒼華故鄉心事在天涯幾日不來春便老開盡桃花

稼軒辛棄疾幼安

摸魚兒

更能消幾番風雨匆匆春又歸去惜春長怕花開早何況落紅無數春且住見說道天涯芳草無歸路怨春不語筭只有殷勤畫簷蛛網盡日惹飛絮　長門

事準擬佳期又誤蛾眉曾有人妒千金縱買長門賦脉脉此情誰訴君莫舞君不見玉環飛燕皆塵土閑愁最苦休去倚危闌斜陽正在煙柳斷腸處

瑞鶴仙 梅

鴈霜寒透幙正護月雲輕嫩氷猶薄溪奩照梳掠想含香弄粉靚粧難學玉肌瘦弱更重重龍綃襯著倚東風一笑嫣然轉盼萬花羞落 寂寞家山何在雪後園林水邊樓閣瑤池舊約鱗鴻更仗誰託粉蝶兒只解尋花覓柳開徧南枝未覺但傷心冷淡黃昏數聲畫角

祝英臺近

寶釵分桃葉渡煙柳暗南浦怕上層樓十日九風雨

斷腸點點飛紅都無人管倩誰勸啼鶯聲住鬢邊覷
應把花卜歸期纔簪又重數羅帳燈昏哽咽夢中
語是他春帶愁來春歸何處却不解將愁歸去

龍洲劉過改之

賀新郎

老去相如倦向文君説似而今怎生消遣衣袂京塵
曾染處空有香紅尚軟料彼此魂銷腸斷一枕新涼
眠客舍聽梧桐踈雨秋聲顫燈暈冷記初見　樓低
不放珠簾捲晚粧殘翠鈿狼藉泪痕凝臉人道愁來
須殢酒無奈愁多酒淺但託意焦琴紈扇莫鼓琵琶
江上曲怕荻花楓葉俱淒怨雲萬疊寸心遠

糖多令

蘆葉滿汀洲寒沙帶淺流二十年重到南樓柳下繫舟猶未穩能幾日又中秋　黄鶴斷磯頭故人今在否舊江山總是新愁欲買桂花重載酒終不似少年游

醉太平

情高意真眉長鬢青小樓明月調箏寫春風數聲思君憶君魂牽夢縈翠綃香暖雲屏更那堪酒醒

靜寄謝懋勉仲

驀山溪

猒猒睡起無限春情緒柳色借輕煙尚瘦怯東風倦舞海棠紅皺不奈晚來寒簾半捲日西沈寂寞閑庭戶　飛雲無據化作溟濛雨愁裏見春來又只恐愁

催春去惜花人老芳草夢淒迷題欲徧鎖窻紗總是傷春句

風入松

老來常憶少年狂宿粉栖香自憐獨得東君意有三年窺宋東牆笑舞落花紅影醉眠芳草斜陽　事隨春夢去悠揚休費思量近來眼底無姚魏有誰更管領年芳換得河陽衰鬢一簾煙雨梅黃

浪淘沙

黃道雨初乾霽靄空蟠東風楊柳碧毿毿燕子不歸花有恨小院春寒　倦客亦何堪塵滿征衫明朝野水幾重山歸夢已隨芳草綠先到江南

霜天曉角　桂花

綠雲剪葉低護黃金屑占斷花中聲譽香和韻兩清

潔　勝絶君聽說當時來處别試看仙衣猶帶金庭

露玉階月

嘉林章良能達之

小重山

柳暗花明春事深小欄紅芍藥已抽簪雨餘風軟碎

鳴禽遲遲日猶帶一分陰　往事莫沉吟身閑時序

好且登臨舊游無處不堪尋無尋處惟有少年心

龍川陳亮同甫

水龍吟春恨

鬧花深處層樓畫簾半捲東風軟春歸翠陌平沙茸

嫩垂楊金淺遲日催花淡雲閣雨輕寒輕暖恨芳菲

世界游人未賞都付與鶯和燕　寂寞憑高念遠向南樓一聲歸鴈金釵鬬草青絲勒馬風流雲散羅綬分香翠綃封淚幾多幽怨正銷魂又是疎煙淡月子規聲斷

西山眞德秀希元

蝶戀花　紅梅

兩岸月橋花半吐紅透肌香暗把遊人誤盡道武陵溪上路不知迷入江南去　先自冰霜真態度何事枝頭點點胭脂污莫是東君嫌淡素問花花又嬌無語

後谿劉光祖德修

洞仙歌　詠敗荷

晚風收暑小池塘荷静獨倚胡床酒初醒起徘徊時有香氣吹來雲藻亂葉底游魚動影　空擎承露蓋不見氷容惆悵明粧曉鸞鏡後夜月涼時月淡花低幽夢覺欲憑誰省也應記臨流凭闌杆便遥想江南紅酣千頃

雲壑蔡柟堅老

鷓鴣天

病酒厭厭與睡宜珠簾羅幙捲銀泥風來緑樹花含笑恨入西樓月斂眉　驚瘦盡怨歸遲休將桐葉更題詩不知橋下無情水流到天涯是幾時

平齋洪咨夔舜俞

眼兒媚

平沙芳草渡頭村緑遍去年痕游絲上下流鶯来往無限銷魂　綺窗深靜人歸晚金鴨水沉温海棠影下子規聲裏立盡黄昏

倦翁岳珂肅之　相臺　武穆孫守嘉興

滿江紅

小院深深悄鎮日陰晴無據春未足閨愁難寄琴心誰與曲徑穿花尋蛺蝶虚闌傍日教鸚鵡笑十三楊柳女兒腰東風舞　雲外月風前絮情與恨長如許想綺窗今夜與誰凝竚洛浦夢回留佩客秦樓聲斷吹簫侣正黄昏時候杏花寒廉纖雨

生查子

芙蓉清夜游楊柳黄昏約小院碧苔深潤透雙鴛薄

暖玉慣春嬌簌簌花鈿落缺月故窺人影轉闌杆角

約齋張鎡功甫

念奴嬌 宜雨亭詠千葉海棠

綠雲影裏把明霞織就千重文繡紫膩紅嬌扶不起好是未開時候半怯春寒半便晴色養得胭脂透小亭人靜嫩鶯啼破春晝 猶記攜手芳陰一枝斜戴嬌艷波雙秀小語輕憐花總見爭得似花長久醉淺休歸夜深同睡明日還相守免教春去斷腸空嘆詩瘦

昭君怨 園池夜泛

月在碧虛中住人向亂荷中去花氣雜風涼滿船香

雲被歌聲搖動酒被詩情掇送醉裏卧花心擁紅衾

蒲江盧祖皋申之

宴清都 初春

春訊飛瓊管風日薄度牆啼鳥聲亂江城次第笙歌翠合綺羅香暖溶溶潤綠冰泮醉夢裏年華暗換料黛眉重鎖隋堤芳心暗動梁苑　新來鴈闊雲音鸞分鏡影無計重見啼春細雨籠愁淡月恁時庭院離腸未語先斷筭猶有憑高望眼更那堪芳草連天飛梅弄晚

江城子

畫樓簾幙捲新晴掩銀屏曉寒輕墜粉飄香日日喚

愁生暗數十年湖上路能幾度著娉婷　年華空自感飄零擁春酲對誰醒天闊雲閑無處覓簫聲載酒買花年少事渾不似舊心情

賀新郎 彭傳師於吳江三高堂之前作釣雪亭蓋擅漁人之窟宅以供詩境也趙子野命予賦之

挽住風前柳問鴟夷當日扁舟近曾來否月落潮生無限事零亂茶煙未久謾留得蓴鱸依舊可是從來功名誤撫荒祠誰繼風流後今古恨一搔首　江涵鴈影梅花瘦四無塵雪飛風起夜窻如畫萬里乾坤清絶處付與漁翁釣叟又恰是題詩時候猛拍闌杆呼鷗鷺道他年我亦垂綸手飛過我共樽酒

倦尋芳 春思

香泥疊燕密葉巢鶯春暗寒淺花徑風柔著地舞裀紅軟鬬草煙欺羅袂薄秋千影落春游倦醉歸來記寶帳歌慵錦屏春暖　別來悵光陰容易還又荼蘼牡丹開遍妬恨疎狂那更柳花盈面鴻羽難憑芳信短長安猶近歸期遠倚危樓但鎮日繡簾高捲

清平樂

錦屏開曉寒入宮羅峭脉脉不知春又老簾外舞紅多少　舊時駐馬香階如今細雨蒼苔殘夢不成重理一雙蝴蝶飛來

又　春恨

柳邊深院燕語明如剪消息無憑聽又懶隔斷畫屏雙扇　寶杯金縷紅牙醉魂幾度兒家何處一春游

愁生暗數十年湖上路能幾度著娉婷　年華空自感飄零擁春酲對誰醒天闊雲閑無處覓簫聲載酒買花年少事渾不似舊心情

賀新郎　彭傳師於吳江三高堂之前作釣雪亭蓋擅漁人之窟宅以供詩境也趙子野命予賦之

挽住風前柳問鴟夷當日扁舟近曾來否月落潮生無限事零亂茶煙未久謾留得蓴鱸依舊可是從來功名誤撫荒祠誰繼風流後今古恨一搔首　江涵鴈影梅花瘦四無塵雪飛風起夜窻如晝萬里乾坤清絶處付與漁翁釣叟又恰是題詩時候猛拍闌杆呼鷗鷺道他年我亦垂綸手飛過我共樽酒

倦尋芳　春思

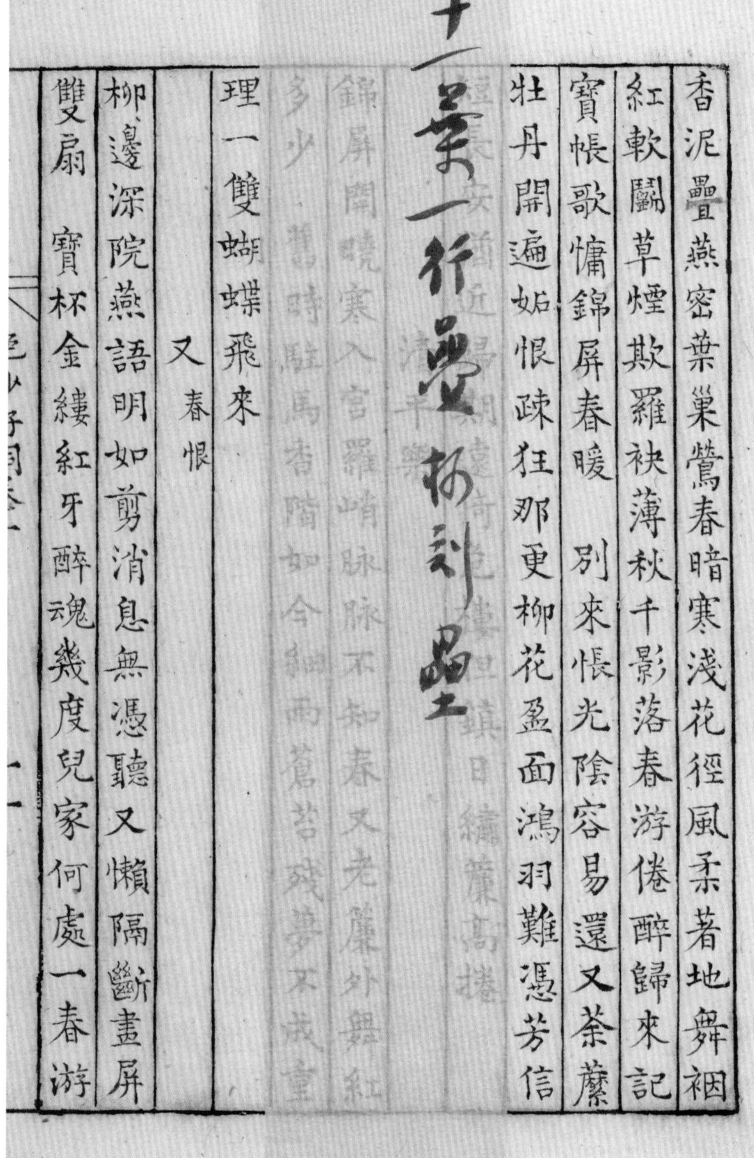

香泥疊燕密葉巢鶯春暗寒淺花徑風柔著地舞裀紅軟鬬草煙欺羅袂薄秋千影落春游倦醉歸來記寶帳歌慵錦屏春暖　別來悵光陰容易還又荼蘼牡丹開遍妬恨疎狂那更柳花盈面鴻羽難憑芳信[illegible]長安[illegible]近[illegible]何處[illegible]鎮日繡簾高捲

清平樂

錦屏開曉寒入宫羅峭脉脉不知春又老簾外舞紅多少　舊時駐馬香階如今細雨蒼苔殘夢不成章理一雙蝴蝶飛來

又　春恨

柳邊深院燕語明如剪消息無憑聽又懶隔斷畫屏雙扇　寶杯金縷紅牙醉魂幾度兒家何處一春游

蕩夢中猶恨楊花

謁金門

香漠漠低卷水風池閣玉腕籠紗金半約睡濃團扇落　雨過涼生雲薄女伴棹歌聲樂采得雙蓮迎笑剥柳陰多處泊

又

風不定移去移來簾影一雨池塘新緑静杏梁歸燕竝　翠袖玉屏金鏡薄日綺疎人静心事一春疑酒病鳥啼花滿徑

烏夜啼

幾曲微風按柳生香暖日蒸花鴛鴦睡足方塘晚新緑小窻紗　尺素難將情緒嫩羅還試年華憑高無

處尋殘夢春思入琵琶

又 西湖

漾暖紋波颭颭吹晴絲雨濛濛輕衫短帽西湖路花氣撲青驄　鬬草褰衣濕翠秋千瞥眼飛紅日長不放春醪困立盡海棠風

遊初 張履信思順

柳梢青

雨歇桃繁風微柳靜日淡湖灣寒食清明雖然過了未覺春閑　行雲掩映春山真水墨山陰道間燕語侵愁花飛撩恨人在江南

謁金門

春睡起小閣明窻兒底簾外雨聲花積水薄寒猶在

裏欲起還慵未起好是孤眠滋味一曲廣陵應忘

記起來調緑綺

山楹周文璞晉仙

一剪梅

風韻蕭疎玉一團更著梅花輕裊雲鬟這回不是戀

江南只爲温柔天上人間　賦罷閑情共倚闌江月

庭蕪總是銷魂流蘇斜掩燭花寒一樣眉尖兩處關

山

山民徐照道輝

南歌子

簾景蓰金線爐煙裊翠絲菰芽新出滿盆池喚取玉

瓶添水買魚兒　意取釵重碧慵梳髻翅垂相思無

處說相思笑把畫羅小扇覓春詞

清平樂

綠圍紅繞一枕屏山曉怪得今朝偏起早笑道牡丹開了　迎人捲上珠簾小螺未拂眉尖貪教玉籠鸚鵡楊花飛滿粧奩

阮郎歸

綠楊庭戶靜沈沈楊花吹滿襟晚西鬧向水邊尋驚飛雙浴禽　分別後重登臨莫寒天氣陰妾心移得在君心方知人恨深

青松俞灝商卿

點絳唇

欲問東君為誰重到江頭路斷橋薄暮香透溪雲渡

細草平沙愁入淩波步今何許怨春無語片片隨流去

紫岩潘昉庭堅

南鄉子　題劒南妓館

生怕倚闌杆閣下溪聲閣外山空有舊時山共水依然莫雨朝雲去不還　想見躡飛鸞月下時時認珮環月又漸低霜又下更闌折得梅花獨自看

小山劉翰武子

好事近

花底一聲鶯花上半鉤斜月月落烏啼何處點飛英如雪　東風吹盡去年愁解放丁香結驚動小亭紅雨舞雙雙金蝶

蝶戀花

團扇題詩春又晚小夢驚殘碧草池塘滿一曲銀鈎
簾半捲緑窻睡足鶯聲軟　瘦損衣圍羅帶減前度
風流陡覺心情嬾誰品新腔拈翠管畫樓吹徹江南
怨

清平樂

萋萋芳草怨得王孫老瘦損腰圍羅帶小長是錦書
來少　玉簫吹落梅花曉寒猶透輕紗驚起半簾幽
夢小窻淡月啼鴉

篁㟤劉子寰圻父

霜天曉角

橫陰漠漠似覺羅衣薄正是海棠時候紗窻外東風

惡　惜春春寂寞尋花花冷落不會這些情味元不是念離索

雪窓張景臣武子

西江月

四壁空圍恨玉十香淺捻啼綃殷雲度雨井桐凋鴈鴈無書又到　別後釵分燕尾病餘鏡減鸞腰蠻江荳蔲影連梢不道參横易曉

絶妙好詞卷第一

絶妙好詞卷第二

弁陽老人緝

白石姜夔堯章

暗香 梅

舊時月色，筭幾番照我，梅邊吹笛。喚起玉人，不管清寒與攀摘。何遜而今漸老，都忘却春風詞筆。但怪得竹外疎花，香冷入瑤席。　江國正寂寂。歎寄與路遥，夜雪初積。翠樽易泣，紅萼無言耿相憶。長記曾攜手處，千樹壓西湖寒碧。又片片吹盡也，幾時見得。

疎影 梅

苔枝綴玉，有翠禽小小，枝上同宿。客裏相逢，籬角黄昏，無言自倚修竹。昭君不慣胡沙遠，但暗憶江南江北想佩環月夜歸來化作此花幽獨　猶記深宫舊事那人正睡裏飛近蛾緑莫似春風不管盈盈早與安排金屋還教一片隨波去又却怨玉龍哀曲等恁時重覓幽香已入小窻横幅

揚州慢

淮左名都竹西佳處解鞍小駐初程過春風十里盡薺麥青青自胡馬窺江去後廢池高木猶厭言兵漸黄昏清角吹寒都在空城　杜郎俊賞筭而今重到須驚縱荳蔻詞工青樓夢好難賦深情二十四橋仍在波心蕩冷月無聲念橋邊紅藥年年知爲誰生

玲瓏四犯

疊鼓夜寒垂燈春淺匆匆時事如許倦遊歡意少俛

仰悲今古江淹又吟恨賦記當時送君南浦萬里乾坤百年身世惟有此情苦　揚州柳垂官路有輕盈喚馬端正窺戶酒醒明月下夢逐潮聲去文章信美知何用漫羸得天涯羈旅教説與春來要尋花伴侶

琵琶仙　吳興春游

雙槳來時有人似舊曲桃根桃葉歌扇輕約飛花蛾眉正奇絶春漸遠汀洲自緑更添了幾聲啼鴂十里揚州三生杜牧前事休説　又還是宫燭分煙奈愁裏匆匆换時節却把一襟芳思與空階榆莢千萬縷藏鴉細柳爲玉樽起舞回雪想見西出陽關故人初別

法曲獻仙音

虛閣籠寒小簾通月暮色偏憐高處樹隔離宮水平馳道湖山盡入樽俎奈楚客淹留久砧聲帶愁去屢回顧　過秋風未成歸計誰念我重見冷楓紅舞喚起淡粧人問逋仙今在何處象筆鸞牋甚如今不道秀句怕平生幽恨化作沙邊煙雨

念奴嬌

鬧紅一舸記來時長與鴛鴦爲侶三十六陂人未到水佩風裳無數翠葉吹涼玉容消酒更洒菰蒲雨嫣然搖動冷香飛上詩句　日暮青蓋亭亭情人不見爭忍淩波去只恐舞衣寒易落愁入西風南浦高柳垂陰老魚吹浪留我花閒住田田多少幾回沙際歸路

一萼紅 人日登定王臺

古城陰有官梅幾許紅萼未宜簪池面氷膠牆陰雪老雲意還又沈沈翠藤共閑穿徑竹漸笑語驚起臥沙禽野老林泉故王臺榭呼喚登臨 南去北來何事蕩湘雲楚水極目傷心朱户黏雞金盤簇燕空嘆時序侵尋記曾共西園雅集想垂柳還裊萬絲金待得歸鞍到時只怕春深

齊天樂 蟋蟀

庾郎先自吟愁賦淒淒更聞私語露濕銅鋪苔侵石井都是曾聽伊處哀音似訴正思婦無眠起尋機杼曲曲屏山夜涼獨自甚情緒 西窗又吹暗雨爲誰頻斷續相和砧杵候館吟秋離宫弔月別有傷心無

數幽詩漫與笑蘺落呼燈世間兒女寫入琴絲一聲聲更苦

淡黃柳

空城曉角吹入垂楊陌馬上單衣寒惻惻看盡鵝黃嫩緑都是江南舊相識正岑寂　明朝又寒食強擕酒小橋宅怕梨花落盡成秋苑燕燕飛來問春何在惟有池塘自碧

小重山　湘梅

人繞湘臯月墜時斜横花樹小浸愁漪一春幽事有誰知東風冷香遠茜裙歸　鷗去昔遊非遥憐花可可夢依依九疑雲杳斷魂啼相思血都沁緑筠枝

點絳唇　過松江

燕鴈無心太湖西畔隨雲去數峯清苦商略黄昏雨第四橋邊擬共天隨住今何許凭闌懷古殘柳參差舞

惜紅衣　吴興荷花

簟枕邀涼琴書換日睡餘無力細洒冰泉幷刀破甘碧牆頭喚酒誰問訊城南詩客岑寂高柳晚蟬報西風消息　虹梁水陌魚浪吹香紅衣半狼藉維舟四望故園渺天北可惜柳邊沙外不共美人游歴問甚時同賦三十六陂秋色

招山劉仙倫叔擬

江神子

東風吹夢落巫山整雲鬟却霜紈雪貌冰膚曾共控

雙鸞吹罷玉簫香霧濕殘月墮亂峯寒　解璫回首憶前歡見無緣恨無端憔悴蕭郎羸得帶圍寬紅葉不傳天上信空流水到人間

菩薩蠻　效唐人閨怨

吹簫人去行雲杳香篝繡被都閑了疊損縷金衣伊家渾不知　冷煙寒食夜淡月梨花下猶自軟心腸爲他燒夜香

蝶戀花

小立東風誰共語碧畫行雲依約蘭皐暮誰問離懷知幾許一溪流水和煙雨　媚蕩楊花無著處纔伴春來忙底隨春去只恐遊蜂粘得住斜陽芳草江頭路

一剪梅

唱到陽關第四聲香帶輕分羅帶輕分杏花時節雨紛紛山繞孤村水繞孤村　更没心情共酒樽春衫香滿空有啼痕一般離思兩銷魂馬上黄昏樓上黄昏

霜天曉角　蛾眉亭

倚空絶壁直下江千尺天際兩蛾凝黛愁與恨幾時極　暮潮風正急酒醒聞塞笛試問謫仙何處青山外遠煙碧

花翁孫惟信季蕃

晝錦堂

薄袖禁寒輕粧媚晚落梅庭院春妍映户盈盈回倩

笑整花鈿柳裁雲剪腰支小鳳盤鴉聳髻鬟偏東風裏香步翠搖藍橋那日因緣　嬋娟流慧眄渾當了怨怨密愛深憐夢過闌干猶認冷月秋千杏梢空鬧相思眼燕翎難繫斷腸牋銀屏下爭信有人真箇病也天天

夜合花

風葉敲窻露蛩吟甃謝娘庭院秋宵鳳屏半掩釵花映燭紅搖潤玉暖膩雲嬌染芳情香透鮫綃斷魂留夢煙迷楚驛月冷藍橋　誰念賣藥文簫望仙城路杳鶯燕迢迢羅衫暗摺蘭痕粉迹都銷流水遠亂花飄苦相思寬盡香腰幾時重恁玉驄過處小袖輕招

燭影搖紅 牡丹

一朶鞓紅寶釵壓髻東風溜年時也是牡丹時相見
花邊酒初試夾紗半袖與花枝盈盈鬬秀對花臨景
爲景牽情因花感舊　題葉無憑曲溝流水空回首
夢雲不到小山屏真箇歡難偶别後知他安否軟紅
街清明還又絮飛春盡天遠書沉日長人瘦

醉思凡

吹簫跨鸞香銷夜闌杏花樓上春殘繡羅衾半閑
衣寬帶寬千山萬山斷腸十二闌杆更斜陽暮寒

南鄉子

壁月小紅樓聽得吹簫憶舊游霜冷闌杆天似水楊
州薄倖聲名總是愁　塵暗鷫鸘裘裁剪曾勞玉指
柔一夢覺來三十載風流空對梅花白了頭

梅谿史達祖邦卿

綺羅香 春雨

做冷欺花將煙困柳千里偷催春暮盡日冥迷愁裏欲飛還住驚粉重蝶宿西園喜泥潤燕歸南浦最妨他佳約風流鈿車不到杜陵路　沉沉江上望極還被春潮晚急難尋官渡隱約遥峯和淚謝娘眉嫵臨斷岸新緑生時是落紅帶愁流處記當日門掩梨花剪燈深夜語

雙雙燕

過春社了度簾幙中間去年塵冷差池欲住試入舊巢相竝還想雕梁藻井又軟語商量不定飄然快拂花梢翠尾分開紅影　芳徑芹泥雨潤愛貼地爭飛

競誇輕俊紅樓歸晚看足柳昏花暝應自棲香正穩便忘了天涯芳信愁損玉人日日畫闌獨凭

夜行船

不翦春衫愁意態遍收燈有些寒在小雨空簾無人深巷已早杏花先賣　白髮潘郎寬沈帶怕看山憶他眉黛草色拖裙煙光惹鬢常記故園挑菜

東風第一枝　春雪

巧翦蘭心偷粘草甲東風欲障新暖謾疑碧瓦難留信知暮寒較淺行天入鏡做弄出輕鬆纖軟料故園不捲重簾悞了乍來雙燕　青未了柳回白眼紅不斷杏開素面舊游憶著山陰厚盟遂妨上苑寒爐重煖且放慢春衫針線恐鳳靴挑菜歸來萬一灞橋相

見

又燈夕

酒館歌雲燈街舞繡笑聲喧似簫鼓太平京國多歡大酺綺羅幾處東風不動照花影一天春聚耀翠光金縷相交苒苒細吹香霧　嗟醉玉少年風度懷艷雪舊家伴侣閑門明月關心倚窻小梅索句吟情欲斷念嬌俊知人無據想袖寒珠珞藏香夜久帶愁歸去

黄鍾喜遷鶯元宵

月波凝滴望玉壺天近了無塵隔翠眼圈花冰絲織練黄道寶光相直自憐詩酒瘦難應接許多春色最無賴是隨香趂燭曾伴狂客　蹤跡漫記憶老了杜

郎忍聽東風笛柳院燈疎梅廳雪在誰與細傾春碧
舊情拘未定猶自學當年游歷怕萬一悮玉人夜寒
簾隙

清商怨

春愁遠春夢亂鳳釵一股輕塵滿江煙白江波碧柳
戶清明燕簾寒食憶憶　鶯聲晚簫聲短落花不許
春拘管新相識休相失翠陌吹衣畫橋橫笛得得

蝶戀花

二月東風吹客袂蘇小門前楊柳如腰細蝴蝶識人
遊冶地舊曾來處花開未　幾夜湖山生夢寐評泊
尋芳只怕春寒裏今歲清明逢上巳相思先到濺裙
水

玉樓春　社前一日

遊人等得春晴也處處旗亭咸繫馬雨前穠杏尚秤
停風裏殘梅無顧藉　忌拈針指還逢社鬬草贏多
裙欲卸明朝新燕定歸來叮囑重簾休放下

青玉案

蕙花老盡離騷句緑染徧江頭樹日暝酒消聽驟雨
青榆錢小碧苔錢古難買東君住　官河不礙遺鞭
路被芳草將愁去多定紅樓簾影暮蘭燈初上夜香
初炷猶自聽鶗鴂

竹屋高觀國賓王

齊天樂

碧雲缺處無多雨愁與去帆俱遠倒葦沙閑枯蘭溆

冷寥落寒江秋晚樓陰縱覽正魂怯清吟病多依黯
怕捐西風袖羅香自去年減　風流江左久客舊游
得意處珠簾曾捲載酒春情吹簫夜約猶憶玉嬌香
怨塵栖故苑嘆碧月空檐夢雲飛觀送絶征鴻楚峰
煙數點

玉樓春　宮詞

幾雙海燕來金屋春滿離宮三十六春風剪草碧纖
纖春雨浥花紅撲撲　衛姬鄭女腰如束齊唱陽關
新製曲曲終移燕起笙簫花下晚寒生翠縠

金人捧露盤　水仙

夢湘雲吟湘月弔湘靈有誰見羅襪塵生凌波步弱
背人羞整六銖輕娉娉嫋嫋暈嬌黄玉色輕明　香

心靜波心冷琴心怨客心驚怕珮解却返瑤京盃擎清露醉春蘭友與梅兄莫煙萬頃斷腸是雪冷江清

又梅

念瑤姬翻瑤珮下瑤池冷香夢吟上南枝羅浮路杳憶曾清曉見仙姿天寒翠袖可憐是倚竹依依溪痕淺雲痕凍月痕淡粉痕微江頭怨一笛休吹芳香待寄玉堂煙驛雨淒迷新愁萬斛爲春瘦却怕春知

祝英臺近

一窻寒孤燼冷獨自箇春睡繡被熏香不似舊風味靜聽滴滴簷聲驚愁攪夢更不管庾郎心醉念芳意一併十日春風梅花嬲憔悴懶做新詞春在可憐裏幾時挑菜踏青雲沉雨斷盡分付楚天之外

思佳客

剪翠衫兒穩四停最怜一曲鳳簫吟同心羅帕輕藏素合字香囊半影金　春思悄畫窻深誰能拘束少年心鶯來驚碎風流膽踏動櫻桃葉底鈴

霜天曉角

春雲粉色春水和雲濕試問西湖楊柳東風外幾絲碧　望極連翠陌蘭橈雙槳急欲訪莫愁何處旗亭在畫橋側

風入松

捲簾日日恨春陰寒食新晴馬蹄只向南山去長橋愛花柳多情紅外風嬌日暖翠邊水秀山明　杜郎歌酒過平生到處蓬瀛醉魂不入重城晚襛歡寄桃

葉桃根繡被嫩寒清曉鶯聲喚起春酲

謁金門

煙墅暝隔斷仙源芳徑雨歇花梢魂未醒濕紅如有恨　别後香車誰整怪得畫橋春靜碧漲平湖三十頃歸雲何處問

隨如劉鎮叔安

玉樓春　東山探梅

泠泠水向橋東去漠漠雲歸溪上住疎風淡月有來時流水行雲無覓處　佳人獨立相思苦薄袖欺寒脩竹暮白頭空負雪邊春著意問春春不語

東澤張輯宗瑞

桂枝香

梧桐雨細漸滴作秋聲被風驚碎潤逼衣篝線裊蕙爐沈水悠悠歲月天涯醉一分秋一分憔悴紫簫吹斷素箋恨切夜寒鴻起　又何苦淒涼客裏負草堂春綠竹溪空翠落葉西風吹老幾番塵世從前諳盡江湖味聽商歌歸興千里露侵宿酒踈簾淡月照人無寐

長相思

山無情水無情楊柳飛花春雨晴征衫長短亭　擬行行重行行吟到江南第幾程江南山漸青

謁金門

花半濕睡起一簾晴色千里江南真咫尺醉中歸夢直　前度蘭舟送客雙鯉沉沉消息樓外垂楊如此

碧問春來幾日

念奴嬌

嫩涼生曉怪得今朝湖上秋風無迹古寺桂香山色外腸斷幽萯金碧驟雨俄來蒼煙不見苔徑孤吟屐繫船高柳晚蟬嘶破愁寂　且約携酒高歌與鷗相好分坐漁磯石算只藕花知我意猶把紅芳留客樓閣空濛管絃清潤一水盈盈隔不如休去月懸良夜千尺

祝英臺近

竹間棋池上字風日共清美誰道春深湘緑漲沙觜更添楊柳無情恨煙顰雨却不把扁舟偷繫　去千里明日知幾重山後朝幾重水對酒相思爭似且留

醉奈何琴劍匆匆而今心事在月夜杜鵑聲裏

方舟李石知幾

木蘭花令

轆轤軋軋門前井不道隔窻人睡醒柔絲無力玉琴寒殘麝徹心金鴨冷　一鶯啼破簾櫳靜紅日漸高花轉影起來情緒寄游絲飛絆翠翹風不定

蘭澤李泳子永

定風波

點點行人趂落暉搖搖煙艇出漁扉一路水香流不斷零亂春潮綠浸野薔薇　南去北來愁幾許登臨懷古欲沾衣試問越王歌舞地佳麗只今惟有鷓鴣啼

李鼐仲鎮

清平樂

亂雲將雨飛過鴛鴦浦人在小樓空翠處分得一襟離緒　片帆隱隱歸舟天邊雪捲雲游今夜夢魂何處青山不隔人愁

松窻陸域中卿

昭君怨　梅

道是花來春未道是雪來香異水外一枝斜野人家　冷淡竹籬茅舍富貴玉堂瓊榭兩地不同裁一般開

貴英王嵎季夷

祝英臺近

柳煙濃花露重合是醉時候樓倚花梢長記小垂手誰教釵燕輕分鏡鸞慵舞是孤負幾番晴晝　自別後聞道花底花前多是兩眉皺又説新來比似舊時瘦須知兩意長存相逢終有莫謾被春光僝僽

夜行船

曲水濺裙三月二馬如龍鈿車如水風颺游絲日烘晴晝人共海棠俱醉　客裏光陰難可意掃芳塵舊游誰記午夢醒來不覺小窻人靜春在賣花聲裏

蕭閑蔡松年伯堅

鷓鴣天賞荷

秀樾橫塘十里香水光晚色靜年芳燕支雪瘦薰沉水翡翠盤高走夜光　山黛遠月波長莫雲秋影照

瀟湘醉魂應逐淩波夢分付西風此夜涼

尉遲盃

紫雲暖恨翠雛珠樹雙棲晚小花靜院逢迎的的風流心眼紅潮照玉椀午香重草緑宮羅淡喜銀屏小語私分麝月春心一點　華年共有好願何時定粧鬟莫雨零亂夢似花飛人歸月冷一夜曉山新怨劉郎興尋常不淺況不似桃花春溪遠覺情隨曉馬東風病酒餘香相半

蕭閒韓嘐子畊

高陽臺　除夕

頻聽銀籤重燃絳蠟年華衮衮驚心餞舊迎新能消幾刻光陰老來可慣通宵飲待不眠還怕寒侵掩清

尊多謝梅花伴我微吟　隣娃已試春粧了更蜂枝
簇翠燕股横金勾引東風也知芳意難禁朱顔那有
年年好逞艷游贏取如今恣登臨殘雪樓臺遲日園
林

浪淘沙

莫上玉樓看花雨斑斑四垂羅幙護朝寒燕子不知
春去也飛認欄杆　回首幾關山後會應難相逢衹
有夢魂閒可奈夢隨春漏短不到江南

又豐樂樓

裙色草初青鴨鴨波輕試花霏雨濕春晴三十六梯
人不到獨喚瑶箏　艇子憶逢迎依舊多情朱門只
合鎖娉婷却逐彩鸞歸去路香陌春城

絶妙好詞卷第二

絶妙好詞卷第三

弁陽老人緝

後村劉克莊潛夫

摸魚兒 海棠

甚春來冷煙淒雨朝朝遲了芳信驀然作暖晴三日又覺萬姝嬌困天怎忍潘令老不成也沒看花分才情減盡悵玉局飛仙石湖絶筆辜負這風韻傾城色懊惱佳人薄命牆頭岑寂誰問東風日莫無聊賴吹得燕支成粉君細認花共酒古來二事天尤吝年光去迅漫緑葉成陰青苔滿地做取異時恨

卜算子 海棠爲風雨所敗

片片蝶衣輕點點猩紅小道是天工不惜花百種千

般巧　朝見樹頭繁莫見枝頭少道是天工果惜花雨洗風吹了

清平樂 頃在維揚陳師文參議家舞姬絶妙為賦此詞

宮腰束素只怕能輕舉好築避風臺護取莫遣驚鴻飛去　一團香玉温柔笑顰俱有風流貪與蕭郎眉語不知舞錯伊州

生查子 燈夕戲陳敬叟

繁燈奪霽華戲鼓侵明滅物色舊時同情味中年別　淺畫鏡中眉深拜樓中月人散市聲收漸入愁時節

履齋吴潛毅夫

滿江紅 金陵烏衣園

柳帶榆錢又還過清明寒食天一笑滿園羅綺滿城
簫笛花樹得晴紅欲染遠山過雨青如滴問江南池
館有誰來江南客　烏衣巷今猶昔烏衣事今難覓
但年年燕子晚煙斜日抖擻一春塵土債悲涼萬古
英雄迹且芳尊隨分趁芳時休虛擲

南柯子

池水凝新碧欄花駐老紅有人獨倚畫橋東手把一
枝楊柳繫春風　鵲伴游絲墜蜂粘落蕋空秋千庭
院小簾櫳多少閑情閑緒雨聲中

梅津尹焕惟曉

霓裳中序第一

青顰粲素靨海國仙人偏耐熱餐盡香風露屑便萬

里淩空肯憑蓮葉盈盈步月悄似怜輕去瑤闕人何在憶渠癡小點點愛輕撚　愁絶舊游輕別忍重看鎖香金篋凄涼清夜簟席香香詩魂真化風蝶冷香清到骨夢十里梅花霽雪歸来也厭厭心事自共素娥説

眼兒媚　柳

垂楊裊裊蘸清漪明緑染春絲市橋繫馬旗亭沽酒無限相思　雲梳雨洗風前舞一好百般宜不知爲甚落花時節都是顰眉

糖多令　苕溪有牧之之感

蘋末轉清商溪聲供夕涼緩傳盃催喚紅粧慢綰烏雲新浴罷拂拂地水沉香　歌短舊情長重来驚鬢

霜帳綠陰青子成雙説著前歡佯不采颺蓮子打鴛鴦

虚齋趙以夫用甫

憶舊游慢荷花

望紅蕖影裏冉冉斜陽十里沙平喚起江湖夢向沙鷗住處細説前盟水鄉六月無暑寒玉散清冰笑老去心情也將醉眼鎮爲花青　亭亭步明鏡似月浸華清人在秋庭照夜銀河落想粉香濕露恩澤初承十洲縹緲何許風引綵舟行尚憶得西施餘情裊裊煙水汀

雪蓬姚鏞希聲

謁金門

吟院静遲日自行花影熏透水沉雲滿鼎晚粧窺露井　飛絮游絲無定誤了鶯鶯相等欲喚海棠教睡醒奈何春不肯

澗谷羅椅子遠　椅家富甚名羅半州江右人

柳梢青

萼緑華身小桃花扇安石榴裙子野聞歌周郎顧曲曾惱夫君　悠悠羈旅愁人似零落青天斷雲何處銷魂初三夜月第四橋春

秋崖方岳巨山

江神子　牡丹

窻綃深掩護芳塵翠眉顰越精神幾雨幾晴做得這些春切莫近前輕著語題品錯怕花嗔　碧壺難貯

玉粼粼醉香茵晚風頻吹得酒痕如洗一番新只恨
謫仙渾懶事辜負却倚闌人

泳齋楊伯嵒彦瞻

踏莎行雪中疎寮借閣帖友以徽露送之

梅觀初花蕙庭殘葉當時慣聽山陰雪東風吹夢到
清都今年雪比前年別　重釀宮醪雙鈎官帖伴翁
一笑成三絶夜深何用對青藜窻前一片蓬萊月

嘯齋周晉明叔

點絳脣訪牟存叟南漪釣隱

草夢初回捲簾盡放春愁去晝長無侶自對黃鸝語
絮影蘋香春在無人處移舟去赤城新句一研梨
花雨

清平樂

圖書一室香暖垂簾密花滿翠壺薰研席睡覺滿窻晴日手寒不了殘棊篝香細勘唐碑無酒無詩情緒欲梅欲雪天時

柳梢青　楊花

似霧中花似風前雪似雨餘雲本自無情點萍成綠却又多情西湖南陌東城甚管定年年送春薄倖東風薄情遊子薄命佳人

守齋楊纘繼翁

八六子　牡丹次白雲韻

怨殘紅夜來無賴雨催春去怱怱但暗水新流芳恨蝶悽蜂慘千林嫩綠迷空　那知國　逢　弱華

清扶倦輕盈洛浦臨風細認得凝粉露蟬
聳翠蕊金團玉成叢幾許愁隨笑解一聲歌轉春融
眼朦朧凭闌半醒醉中

一枝春　除夕

竹爆驚春競喧填夜起千門簫鼓流蘇帳暖翠鼎緩
騰香霧停盃未舉奈剛要送年新句應自有歌字清
圓未誇上林鶯語　從他歲窮日莫縱閑愁怎減劉
郎風度屠蘇辦了迤邐柳欺梅妒宮壺未曉早嬌馬
繡車盈路還又把月夜花朝自今細數

被花惱　自度腔

疎疎宿雨釀寒輕簾幙靜垂清曉寶鴨微温瑞煙少
簷聲不動春禽對語夢怯頻驚覺欹珀枕倚銀床半

窗花影明東照　惆悵夜來風生怕嬌香混瑤草披衣便起小徑回廊處處都行到正千紅萬紫競芳妍又還似年時被花惱驀忽地省得而今雙鬢老

五峯翁孟寅賓暘

齊天樂　元夕

紅香十里銅駝夢如今舊游重省節序飄零歡娛老大慵立燈光蟾影傷心對景怕回首東風雨晴難准曲巷幽坊管絃一片笑相近　飛棚浮動翠葆看金釵半溜春妒紅粉鳳輦鼇山雲收霧斂迤邐銅壺漏迥霜風漸緊展一幅青綃淨懸孤鏡帶醉扶歸曉醒春夢穩

燭影搖紅

樓倚春城瑣窻曾共巢春燕人生好夢逐春風不似楊花健舊事如天漸遠奈晴絲牽愁未斷鏡塵埋恨帶粉棲香曲岸寒淺　環珮空歸故園羞見桃花面輕煙殘照下闌干獨自踈簾捲一信狂風又晚海棠花隨風滿院亂鴉啼後杜宇啼時一聲聲怨

院郎歸

月高樓外柳花明單衣怯露零小橋燈影落殘星寒煙蘸水萍・歌袖窄舞環輕梨花夢滿城落紅啼鳥兩無情春愁添曉醒

霞山趙汝茪參晦

梅花引

對花時節不曾忺見花殘任花殘小約簾櫳一面受

春寒題破玉楠雙喜鵲香爐冷遶雲屏渾是山　待眠未眠事萬千也問天也恨天髻兒半偏繡裙兒寬了還寬自取紅氊重坐暖金船惟有月知君去處今夜月照秦樓第幾間

夢江南

簾不捲細雨熟櫻桃數點霽霞天又曉一痕凉月酒初消風急絮花高　閑處磨盡少年豪昨夢醉来騎白鹿滿湖春水段家橋濯髮聽吹簫

戀繡衾

柳絲空有萬千條繫不住溪頭畫橈想今宵也對新月過輕寒何處小橋　玉簫臺榭春多少溜啼痕盈臉未消怪別來燕支慵傅被東風偷在杏梢

漢宮春

著破荷衣笑西風又落西湖湖間舊時飲者今與誰俱山山映帶似々攜來畫卷重舒三十里芙蓉步障紅翠相扶　一目清無留處任屋浮天上身集空虛殘煙夕陽過鴈點點疎疎故人老大好襟懷消減全無贏得秋聲兩耳冷泉亭下騎驢

如夢令

小研紅綫牋紙一字一行春淚封了更親題題了又還拆起歸未歸未好箇瘦人天氣

深居馮去非可遷

喜遷鶯

涼生遙渚正綠芰孽霜黃花招雨鴈外漁燈蛩邊蟹

舍絳葉裘秋來路世事不離雙鬢遠夢偏欺孤旅送望眼但憑舷微笑書空無語　慵清鏡裏十載征塵長把朱顏汚借筯青油揮毫紫塞舊事不堪重舉間闊故山猿鶴冷落同盟鷗鷺倦游也便檣雲柂月浩歌歸去

梅屋許棐忱夫

鷓鴣天

翠鳳金鸞繡欲成沉香亭下欵新晴緑隨楊柳陰邊去紅蹈桃花片上行　鶯意緒蝶心情一時分付小銀箏歸來欲醉花柔困月濾窻紗約半更

琴調相思引

組綉盈箱錦满機倩人縫作護花衣恐花飛去無復

上芳枝　已恨遠山迷望眼不須更畫遠山眉正無聊賴雨外一鳩啼

後庭花

一春不識西湖面翠羞紅倦雨窻和淚搖湘管意長牋短　知心惟有雕梁燕自來相伴東風不管琵琶怨落花吹遍

雲西陸叡景思

瑞鶴仙

濕雲黏鴈影望征路愁迷離緒難整千金買光景但疎鐘催曉亂鴉啼暝花悰暗省許多情相逢夢境便行雲都不歸來也合寄將音信　孤迴盟鸞心在跨鶴程高後期無準情絲待翦翻惹得舊時恨怕天教

何處參差雙燕還染残朱剩粉對菱花與說相思看誰瘦損

小山蕭泰來則陽

霜天曉角

千霜萬雪受盡寒磨折賴是生來瘦硬渾不怕角吹徹　清絶影也別知心惟有月元沒春風情性如何共海棠說

西里趙希邁瑞行

八聲甘州竹西懷古

寒雲飛萬里一番秋一番攬離懷向隨堤躍馬前時柳色今度蒿萊錦纜残香在否枉被白鷗猜千古揚州夢一覺庭槐　歌吹竹西難問拚菊邊醉著吟寄

天涯任紅樓踪跡茅舍染蒼苔幾傷心橋東片月趂夜潮流恨入秦淮潮回處引西風恨又渡江來

白雲趙崇嶓漢宗

蝶戀花

一剪微寒禁翠袂花下重開舊燕添新壘風旋落紅香匝地海棠枝上鶯飛起　薄霧籠春天欲醉碧草澄波的的情如水料想紅樓挑錦字輕雲淡月人憔悴

菩薩蠻

桃花相向東風笑桃花忍放東風老　靜草如煙薄寒輕暖天　折釵鸞作股鏡裏參差舞破碎玉連環捲簾春睡殘

十洲趙希彰清中

霜天曉角 桂

姮娥戲劇手種長生粒寶榦婆娑千古飄芳吹滿虛碧　韻色檀露滴人間秋第一金粟如來境界誰移在小亭側

秋蘂香

髻穩冠宜翡翠壓鬢絲絲金蘂遠山碧淺蘸秋水香煖榴裙襯地　寧寧二八餘年紀惱春意玉雲凝重步塵細獨立花陰寶砌

瓦全王漯身甫

霜天曉角 梅

踈明瘦直不受東皇識留與伴春應肯千紅底怎著

得　夜色何處笛曉寒無奈力飛入壽陽宮裏一點

點有人惜

昆崙趙與鎙慶御

謁金門

歸去去風急蘭舟不住夢裏海棠花下　醒來無覓

處薄倖心情似絮長是輕分輕聚待得來時春幾

許緑陰三月暮

曲澗樓槃考甫

霜天曉角梅

月淡風輕黄昏未是清吟到十分清處也不啻二三

更　曉鐘天未明曉霜人未行只有城頭殘角説得

盡我平生

又

剪雪裁冰有人嫌太清又有人嫌太瘦都不是我知音　誰是我知音孤山人姓林一自西湖别後辜負我到如今

梅心鍾過改之

步蟾宫

東風又送酴醿信早吹得愁成潘鬢花開猶自十年前人不似十年前俊　水邊珠翠香成陣也消得燕窺鶯認歸來沉醉月朦朧覺花氣滿襟猶潤

蟦洲李肩吾子我

搗練樂

風罥蔫紅雨易晴病花中酒過清明綺窻幽夢亂於

柳羅袖淚痕凝似錫冷地思量著春色三停早二停

風流子

雙燕立虹梁東風外煙雨濕流光望芳草雲連怕經南浦葡萄波漲怎博西凉空記省殘粧眉暈斂罥袖唾痕香春滿綺羅小鶯捎蝶夜留弦索幺鳳求凰江湖飄零久頻回首無奈觸緒難忘誰信温柔牢落翻墮愁鄉使玉箋銅爵花間陶寫瑤釵金鏡月底平章十二主家樓苑應念蕭郎

清平樂

美人嬌小鏡裏容顏好秀色侵人春帳曉郎去幾時重到　叮嚀記取兒家碧雲隱映紅霞直下小橋流水門前一樹桃花

風入松 冬至

霜風連夜做冬晴曉日千門香葭暖透黄鍾管正玉臺彩筆書雲竹外南枝意早數花開對清尊 香閨女伴笑輕盈倦繡停針花磚一線添紅景看從今迤運新春寒食相逢何處百單五箇黄昏

烏夜啼

徑蘚痕沿碧甃簷花影壓紅闌今年春事渾無幾游冶嬾情慳 舊夢鶯鶯沁水新愁燕燕長干重門十二休簾捲三月尚春寒

清平樂

東風無用吹得愁眉重有意迎春無意送門外濕雲如夢 韶光九十慳慳俊遊回首關山燕子可憐人

去海棠不分春寒

鷓鴣天

綠色吳牋覆古苔濡毫重擬賦幽懷杏花簾外鶯將老楊柳樓前鴈不來　倚玉枕墜瑤釵午窗輕夢繞秦淮玉鞭何處貪游冶尋徧春風十二街

東浦黃蘭元易

柳梢青

病酒心情喚愁無限可奈流鶯又是一年花驚寒食柳認清明　天涯翠巘層層是多少長亭短亭倦倚東風只憑好夢飛到銀屏

玉樓春

龜紋曉扇堆雲母日上彩闌新過雨眉心猶帶寶鈚

醒耳性己通銀字譜　密奩緩索看看午暈素分紅
能幾許粧成擾鏡問春風比似庭花誰解語

南墅陳策次賈

摸魚兒　仲宣樓賦

倚危梯酹春懷古輕寒纔轉花信江城望極多愁思
前事惱人方寸湖海興筭合付元龍舉白澆談吻憑
高試問問舊日王郎依劉有地何事賦幽憤　沙頭
路休記家山遠近賓鴻一去無信滄波渺渺空歸夢
門外北風淒緊烏帽整便做得功名難緑星星鬢敲
吟未穩又白鷺飛來垂楊自舞誰與寄離恨

滿江紅　楊花

倦繡人閑恨春去淺顰輕掠章臺路雪粘飛燕帶芹

穿幙委地身如游子倦隨風命似佳人薄嘆此花飛後更無花情懷惡　心下事誰堪託憐老大傷飄泊把前回離恨暗中描摸又趂扁舟　欲去可憐世事今非昨看等閑飛過女牆東秋千索

玉林黄曁叔暘

清平樂宫詞

珠簾寂寂愁背銀缸泣記得少年初選入三十六宫第一　當時掌上承恩而今冷落長門又是羊車過也月明花落黄昏

中山李振祖

浪淘沙

春在畫橋西畫舫輕移粉香何處度漣漪認得一船

楊柳外簾影垂垂　誰倚碧闌低酒暈雙眉鴛鴦並浴燕交飛一片閑情春水隔斜日人歸

梯飇薛夢桂叔載

醉落魄

單衣乍著滯寒更傍東風作珠簾壓定銀鈎索雨弄新晴輕旋玉塵落　花唇巧借粧紅約嬌羞纔放三分蕚樽前不用多評泊春淺春深都向杏梢覺

眼兒媚　緑牋

碧筩新展緑蕉芽黃露洒榴花蘸煙染就和雲捲送秋水人家　只因一朶芙蓉月生怕黛邊遮燕啣不去鴈飛難到愁滿天涯

三姝媚

薔薇花謝去更無情連夜送春風雨燕子呢喃似念
人憔悴往來朱戶漲緑煙深零落點池萍絮暗憶年
華羅帳分釵又驚春暮　芳草凄迷征路待去也還
將畫輪留住縱使重來怕粉容銷膩却羞郎覷細數
盟言猶在悵青樓何處綰盡垂楊爭似相思寸縷

浣溪沙

柳映疎簾花映林春光一半幾銷魂新詩未了枕先
温　燕子說將千萬恨海棠開到二三分小窻銀燭
又黄昏

懶翁曾揆舜卿

西江月

攔雨輕敲夜夜牆雲低度朝朝日長天氣已無聊何

況洞房人悄　眉共新荷不展心隨垂柳頻搖午眠
彷彿見金翹驚覺數聲啼鳥

絶妙好詞卷第三

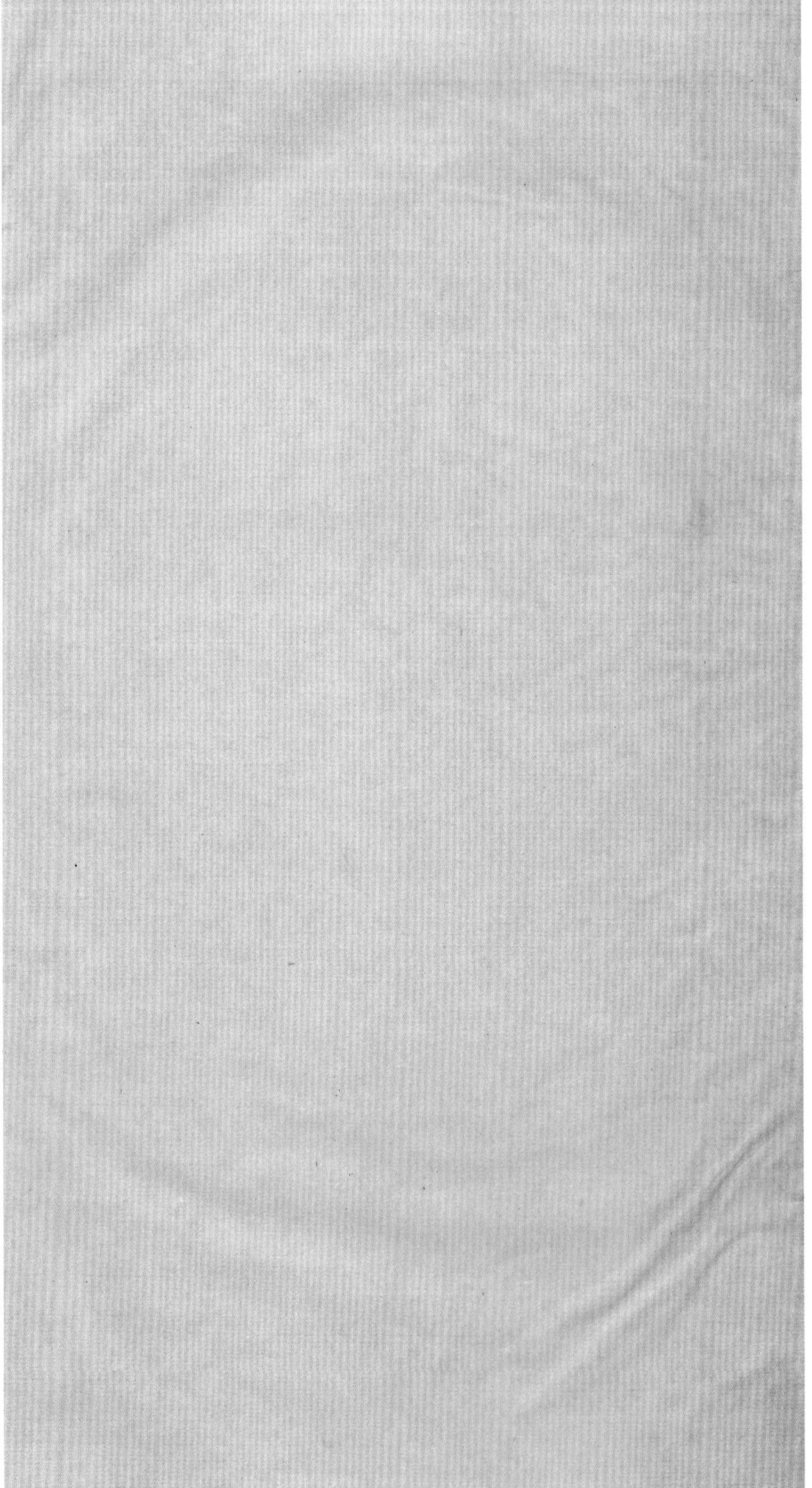

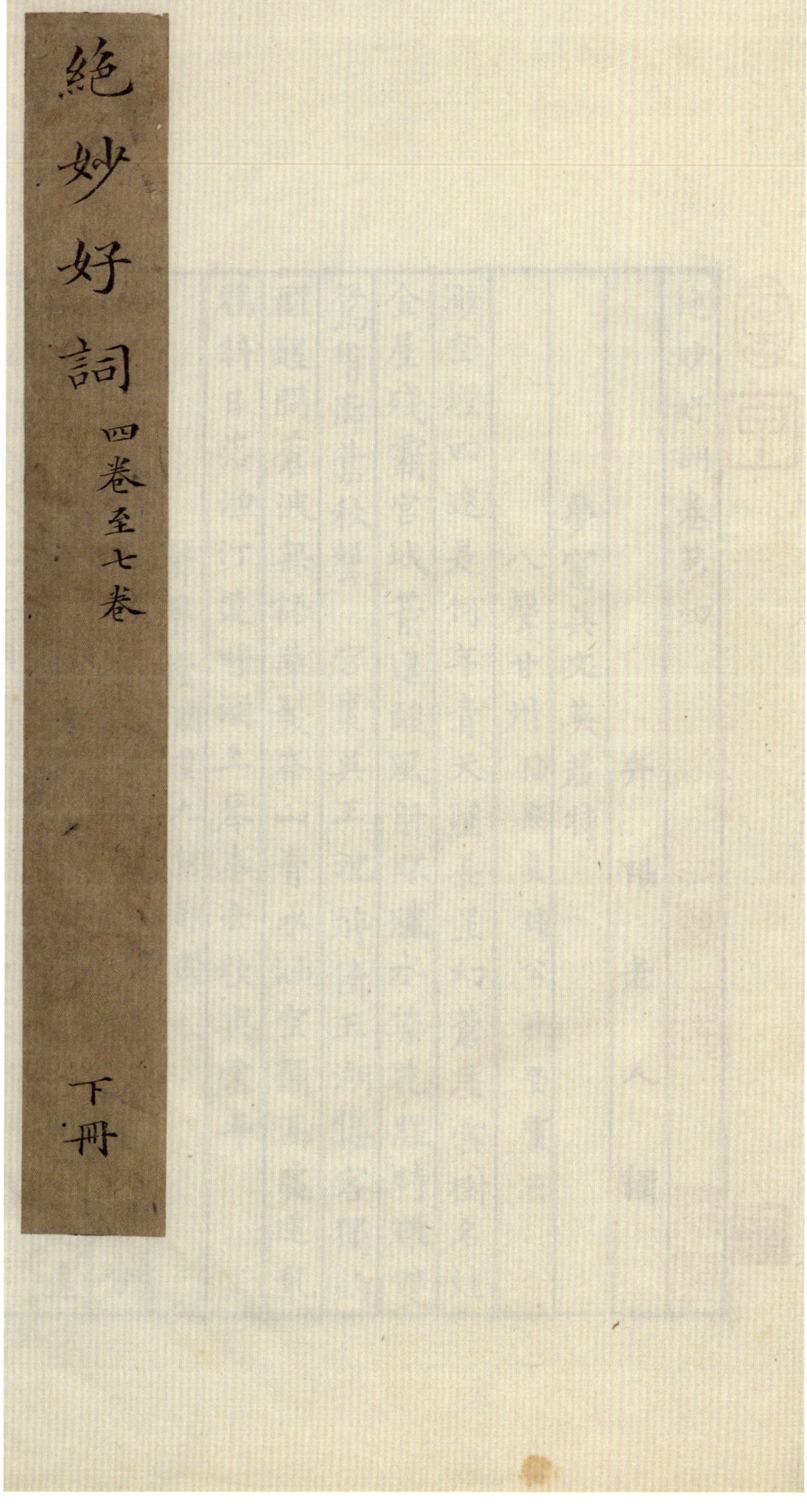
絶妙好詞 四卷至七卷
下冊

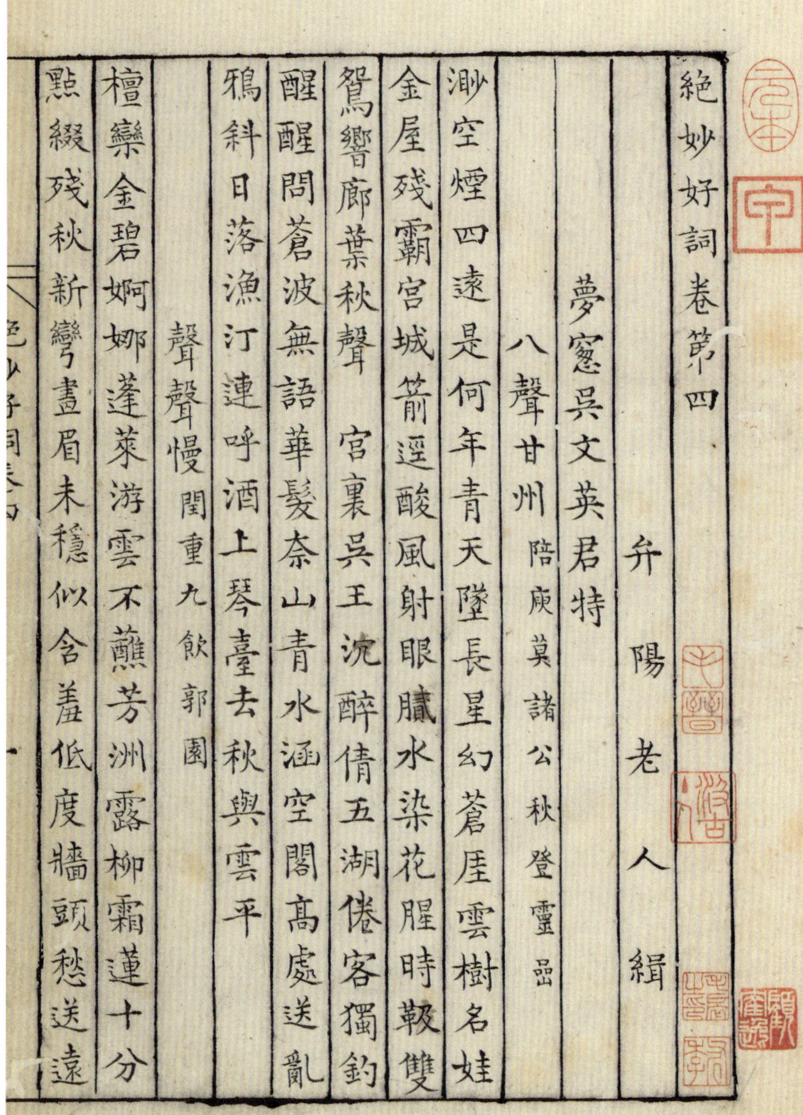

絶妙好詞卷第四

弁陽老人緝

夢窗吴文英君特

八聲甘州 陪庾幕諸公秋登靈嵒

渺空煙四遠是何年青天墜長星幻蒼厓雲樹名娃金屋殘霸宮城箭逕酸風射眼膩水染花腥時靸雙鴛響廊葉秋聲 宮裏吴王沉醉倩五湖倦客獨釣醒醒問蒼波無語華髮奈山青水涵空闌高處送亂鴉斜日落漁汀連呼酒上琴臺去秋與雲平

聲聲慢 閏重九飲郭園

檀欒金碧婀娜蓬萊游雲不蘸芳洲露柳霜蓮十分點綴殘秋新彎畫眉未穩似含羞低度牆頭愁送遠

駐西臺車馬共惜臨流　知道池亭多宴掩庭花長是驚落秦謳膩粉欄杆猶聞凭袖香留輸他翠漣拍甃瞰新粧時浸明眸簾半捲帶黄花人在小樓

青玉案

短亭芳草長亭柳桃葉煙江口今日江村重載酒殘盃不到亂紅青塚滿地閑春綉　翠陰曾摘梅枝嗅還憶秋千玉葱手紅索捲將春去後薔薇花落故園蝴蝶粉薄殘香瘦

又

新腔一唱雙金斗正霜落分甘手已是紅窻人倦綉春詞裁燭夜香温被怕減銀壺漏　吴天鴈曉雲飛後百感情懷頓疎酒綵扇何時翻翠袖歌邊拚取醉

魂和夢化作梅花瘦

好事近

飛露灑銀床葉葉怨梧題碧蘄竹粉連香汗是秋來陳迹　藕絲空纜宿湖船夢潤水雲窄還繫鴛鴦不住老紅香月白

糖多令

何處合成愁離人心上秋縱芭蕉不雨也颼颼都道晚涼天氣好有明月怕登樓　年事夢中休花空煙水流燕辭歸客尚淹留垂柳不縈裙帶住謾長是繫行舟

高陽臺 落梅

宮粉雕痕仙雲墮影無人野水荒灣古石埋香金沙

鎖骨連環南樓不恨吹橫笛恨曉風千里關山半飄
零庭上黄昏月冷欄杆　壽陽宫裏愁鸞問誰調玉
髓暗補香瘢細雨歸鴻孤山無限春寒離魂難倩招
清些夢縞衣解珮溪邊最愁人啼鳥清明葉底青圓

杏花天重午

幽懽一夢成炊黍知緑暗汀菰幾度竹西歌斷芳塵
去寛盡經年臂縷　梅黄後林梢更雨小池面啼紅
怨莫當時明　重生處樓上宫眉在否

風入松

聽風聽雨過清明愁草瘞花銘樓前暗緑分攜路一
絲柳一寸柔情料峭春寒中酒交加曉夢啼鶯　西
園日日掃林亭依舊賞新晴黄蜂頻撲秋千索有當

時纖手香凝惆悵雙鴛不到幽階一夜苔生

朝中措

晚粧慵理瑞雲盤針線傍燈前燕子不歸簾捲海棠一夜孤眠　踏青人散遺鈿滿路雨打秋千骨有落花寨在緑楊未褪青綿

西江月　青梅枝上晚花

枝裊一痕雪在葉藏幾豆春濃玉奴最晚嫁東風來結梨花幽夢　香力添熏羅被瘦肌猶怯冰綃緑陰青子老溪橋羞見東鄰嬌小

浪淘沙

燈火雨中船客思綿綿離亭春草又秋煙似與輕鷗盟未了來去年年　往事一潸然莫過西園淩波香

斷緑苔錢燕子不知春事改時立秋千

高陽臺　豐樂樓分韻得如字

脩竹凝粧垂楊駐馬憑闌淺畫成圖山色誰題樓前有鴈斜書東風緊送斜陽下弄舊寒晚酒醒餘自銷凝幾許花前頓老相如　傷春不在歌樓上在燈前欹枕雨外熏爐怕有游船臨流可奈清癯飛紅若到西湖底攪翠瀾總是愁魚莫重來吹盡香綿淚滿平蕪

思嘉客

迷蝶無蹤曉夢沉寒香深閉小庭心欲知湖上春多少但看樓前柳淺深　愁自遣酒孤斟一簾芳景燕同吟杏花宜帶斜陽看幾陣東風晚又陰

采桑子慢　九日

桐敲露井殘照西窻人起悵玉手曾攜烏紗笑整風歒水葉沉紅翠微雲冷鴈慵飛樓高莫上魂銷正在搖落江蘺　走馬斷橋玉臺粧榭羅帕香遺嘆人老長安燈外愁換秋衣醉把茱萸細看清淚濕芳枝重陽重處寒花怨蝶新月東籬

三姝媚　過都城舊居有感

湖山經醉慣漬春衫啼痕酒痕無限又客長安嘆斷襟零袂涴塵誰浣紫曲門荒沿敗井風搖青蔓對語東鄰猶是曾巢謝堂雙燕　春夢人間須斷但怪得當時夢緣能短繡屋秦箏傍海棠偏愛夜深開宴舞歇歌沉花未減紅顏先變竚久河橋欲去斜陽淚滿

處靜翁元龍時可

水龍吟 雪霽登吳山見滄闇聞城中簫鼓聲

畫樓紅濕斜陽素粧褪出山眉翠街聲暮起塵侵鐙戶月來舞地官柳招鶯水洪飄鴈隔年春意黯梨雲散作人閒好夢瓊簫在錦屏底　樂事輕隨流水暗蘭消作花心計情絲萬軸因春織就愁羅恨綺昵枕迷香占簾看夜舊遊經醉任孤山剩雪殘梅漸懶跨東風騎

風流子 聞桂花懷西湖

天闊玉屏空輕陰弄淡墨畫秋容正凉挂半蟾酒醒窻下露催新鴈人在山中一片好秋花占了香換却西風蕭女夜歸帳栖青鳳鏡娥粧冷釵墜金蟲　西

湖花深窈閒庭砌曾占席地歌鐘載取斷雲歸去幾處房櫳恨小簾燈暗粟肌消瘦帶爐煙滅珠鈿玲瓏三十六宫清夢還與誰同

醉桃源　柳

千絲風雨萬絲晴年年長短亭闇黄看到緑成陰春由他送迎　鶯思重燕愁輕如人離别情繞湖煙冷罩波明畫船移玉笙

謁金門

鶯樹暖弱絮欲成芳繭流水惜花流不遠小橋紅欲滿　原上草迷離苑金勒晚風嘶斷等得日長春又短愁深山翠淺

絳都春　秋晚海棠與黄菊盛開

花嬌半面記密燭夜闌同醉深院衣袖粉香猶未經年如年遠玉顏不趁秋容換但換却春游同伴夢回前度郵亭倦客又拈戕管　慵按梁州舊曲怕離柱斷絃驚破金鳳霜被睡濃不比花時良宵短秋娘羞占東籬畔待說與深宮幽怨恨他情澹陶郎舊緣較淺

眉齋鄭楷持正

訴衷情

酒旗搖曳柳花天鶯語軟於綿碎綠未盈芳沼倒影蘸秋千　奩玉燕　套金蟬　負華年試問歸期是酴醾後　牡丹前

雪舟黃孝邁德文

湘春夜月

近清明翠禽枝上消魂可惜一片清歌都付與黄昏欲共柳花低訴怕柳花輕薄不解傷春念楚鄉旅宿愁情別緒誰與温存　空樽夜泣青山不語殘月當門翠玉樓前惟是有一波湘水摇蕩湘雲天長夢短問甚時重見桃根這次第筭人間没箇并刀剪斷心上愁痕

水龍吟

閑情小院沉吟草深柳密簾空翠風簷夜響殘燈慵剔寒衾怯睡店舍無煙關山有月梨花滿地二十年好夢不曾圓合而今老都休矣　誰共題詩秉燭兩厭厭天涯別袂柔腸一寸七分是恨三分是淚芳信

不來玉簫塵染粉衣香退待問春怎把千紅換得一池緑水

月湖江開開之

浣溪沙

手撚花枝憶小蘋緑窻空鎻舊時春滿樓飛絮一箏塵　素約未傳雙燕語新愁還入賣花聲十分春事倩行雲

杏花天

謝娘庭院通芳徑四無人花梢轉影幾番心事無憑準等得青春過盡　秋千下佳期又近筭畢竟沉吟未穩不成又是教人恨待倩楊花去問

在菴譚宣子明之

謁金門

人病酒生怕日高催綉昨夜新翻花樣瘦旋描雙蝶湊　閑凭綉床呵手却說春愁還又門外東風吹綻柳海棠花廝勾

江城子　詠柳

嫩黄初染緑初描倚春嬌索春饒燕外鶯邊想見萬絲搖便作無情終軟美天賦與眼眉腰　短長亭外短長橋駐金鑣繫蘭橈可愛風流年紀可憐宵辨得重來攀折後煙雨暗不辭遥

存熙陳逢辰振祖

烏夜啼

月痕未到朱扉送郎時暗裏一汪兒淚沒人知　揾

不住收不聚被風吹吹作一天愁雨損花枝

西江月　樓采君亮

楊柳雪融滯雨酴醿玉軟欺風飛英簌簌扣雕籠殘蝶歸來粉重　罨畫扇題塵掩綉花紗帶寒籠送春先自費啼紅更結疎雲秋夢

瑞鶴仙

凍痕消夢草又招得春歸舊家池沼園扉掩寒峭倩誰將花信遍傳深窈追游趁早便裁却輕衫短帽任殘梅飛滿溪橋和月醉眠清曉　年少青絲纖手綵勝嬌鬟賦情誰表南樓信杳江雲重鴈歸少記衝香嘶馬流紅回岸幾度綠楊殘照想暗黄依舊東風霸

陵古道

玉漏遲

絮花寒食路晴絲罥日緑陰吹霧客帽欺風愁滿畫船煙浦綵柱秋千散後悵塵鎻燕簾鶯戶從間阻夢雲無準鬢霜如許　夜永繡閣藏嬌記掩扇傳歌剪燈留語月約星期細把花須頻數彈指一襟幽恨謾空趁啼鵑聲訴深院宇黃昏杏花微雨

法曲獻仙音

花匣么絃象奩雙陸舊日留歡情意夢別銀屏恨裁蘭燭香篝夜闌鴛被料燕子重來地桐陰鎻窻綺倦梳洗　暈芳鈿自羞鸞鏡羅袖冷煙柳畫闌半倚淺雨壓荼蘼指東風芳事餘幾院落黃昏怕春鶯驚笑

憔悴倩柔紅約定喚取玉簫同醉

好事近

人去綠屏閑逗曉柳絲風急簾外杏花微雨罥春紅愁濕　單衣初麴塵羅中酒病無力應是繡牀慵困倚秋千斜立

二郎神

露牀轉玉喚睡醒綠雲梳曉正倦立銀屏新寬衣帶生怯輕寒料峭悶絶相思無人問但怨入牆陰啼鳥嗟露屋鎖春晴風喧晝柳輕梅小　人悄日長謾憶秋千嬉笑悵燼冷爐熏花深鶯靜簾箔微紅醉裊帶結留詩粉痕銷帕情遠竊香年少凝恨極盡日憑高目斷淡煙芳草

玉樓春

東風破曉寒成陣曲鎖沉香簧語嫩鳳釵敲枕玉聲圓羅袖拂屏金縷褪　雲頭鴈影占來信歌底眉尖縈淺暈淡煙衰柳一簾春[illegible]雨遙山[illegible]疊恨

秋厓奚淢倬然

芳草南屏晚鐘

笑湖山紛紛歌舞花邊如夢如熏響煙驚落日長橋芳草外客愁醒天風吹送遠向兩山喚醒癡雲猶自有迷林去鳥不信黄昏　銷凝油車歸後一眉新月獨印湖心蘂宫相答處空岩虚谷應猿語香林正酣紅紫夢便市朝有聲誰聽怪玉兎金烏不換只換游人

華胥引　中秋紫霞席上

澄空無際，一幅輕綃，素秋弄色。剪剪天風，飛飛萬里，吹淨碧遥想玉杵芒寒，聽佩環無迹。圓缺何心，有心偏照歌席。　多少情懷，甚年年共憐今夕。蘂宫珠殿，還吟飄香秀筆。隱約霓裳聲度，認紫霞樓笛。獨鶴歸來，更無清夢堪覓。

釣月趙聞禮立之

千秋歲

鶯啼晴晝，南國春如綉。飛絮眼，凭闌袖。日長花片落，睡起眉山鬬。無箇事，沉煙一縷騰金獸。　千里空回首，兩地厭厭瘦。春去也，歸來否。五更樓外月，雙燕門前柳。人不見，秋千院落清明後。

魚遊春水

青樓臨遠水樓上東風飛燕子玉鈎珠箔密密鎖紅闌翠剪勝裁旛春日戲簇柳簪花元夜醉閑憶舊歡漫撩新淚　羅帕啼痕未洗愁見同心雙鳳翅長安十日輕寒春衫未試過盡征鴻知幾許不寄蕭郎書一紙愁腸斷也箇人知未

風入松

麴塵飛雨亂春晴花重寒輕珠簾捲上還重下怕東風吹散歌聲棋倦杯頻晝永粉香花艷清明　十分無處看閑情來覓娉婷薔薇誤罥尋春袖倩柔荑爲補香痕苦恨啼鴂驚夢何時剪燭重盟

水龍吟

幾年埋玉藍田緑雲翠水烘春暖衣熏麝馥韈羅塵沁淩波步淺鈿碧搔頭膩黃冰腦參差難剪乍聲沉素瑟天風佩冷蹁躚舞霓裳遍　湘浦盈盈月滿抱相思夜寒腸斷含香有恨招兔無路瑤琴寫怨幽韻淒涼暮江空渺數峰清遠粲迎風一笑持花酹酒結南枝伴

隔浦蓮近

愁紅飛眩醉眼日淡芭蕉捲帳捲屏香潤楊花撲春雲暖啼鳥驚夢遠芳心亂照影收奩晚畫眉嬾微醒帶困離情中酒相半裙腰粉瘦怕按六么歌板簾捲層樓探舊燕腸斷花枝和悶重撚

賀新郎　螢

池館收新雨耿幽叢流光幾點半侵疎户入夜凉風吹不滅冷焰微茫暗度碎影落仙盤秋露漏斷長門空照淚袖紗寒映竹無心嘆孤枕掩殘燈炷練囊不照詩人苦夜沉沉拍手相親騃兒癡女欄外撲來羅扇小誰在風廊笑語競戲踏金釵雙股故苑荒凉悲舊賞帳寒蕪衰草隋宫路同燐火徧秋圃

梅川施岳仲山

水龍吟

翠鼇海出滄溟影橫棧壁迷煙墅樓臺對起欄杆重凭山川自古梁苑平蕪汴堤疎柳幾番晴雨看天低四遠江空萬里登臨處分吴楚　兩岸花飛絮舞度春風滿城簫鼓英雄暗老昏潮曉汐歸帆過櫓淮水

東流塞雲北渡夕陽西去正淒涼望極中原路杳月

來南浦

清平樂

水遥花暝隔岸炊煙冷十里垂楊揺嫩影宿酒和愁

絶妙好詞卷四
二十

雲容沍雪暮色添寒樓臺共臨眺翠叢深窅無人處數藥弄春猶小幽姿謾好遙相望含情一笑花解語因甚無言心事應難表　莫待牆陰暗老稱琴邊月夜笛裏霜曉護香須早東風度咫尺畫闌瓊沼歸來夢繞歌雲墜依然驚覺想恁時小几銀屏冷未了

蘭陵王

柳花白飛入青煙巷陌憑高處愁鎖斷橋十里東風正無力西湖路咫尺猶阻仙源信息傷心事還似去年中酒懨懨度寒食　閑窗掩春寂但粉指留紅叢唾凝碧歌塵不散蒙香澤念鸞孤金鏡鴈空瑤瑟芳時涼夜盡怨憶夢魂省難覓　鱗鴻渺踪跡縱羅帕親題錦字誰織緘情欲寄重城隔又流水斜照倦簫

殘笛樓臺相望對莫色恨無極

曲游春 清明湖上

畫舸西泠路占柳陰花影芳意如織小楫衝波度麴塵扇底粉香簾隙岸轉斜陽隔又過盡別船簫笛傍斷橋翠繞紅圍相對半篙晴色頃刻千山暮碧向沽酒樓前猶繫金勒乘月歸來正梨花夜縞海棠煙冪院宇明寒食醉乍醒一庭春寂任滿身露濕東風欲眠未得

步月 茉莉

玉宇薰風寶堦明月翠叢萬點晴雪煉霜不就散廣寒霏屑采珠蓓綠萼露滋嗅銀艷小蓮冰潔花魂在纖指嫩痕素英重結 枝頭香未絶還是過中秋丹

桂時節醉鄉冷境怕翻成消歇玩芳味春焙旋熏貯穠韻水沉頻爇堪憐處輸與夜凉睡蝶茉莉嶺表所産古今詠者不甚多文公曾咏二絶句鄒道鄉亦曾題詠此篇小蓮氷潔之句狀茉莉最佳此花四月開直至桂花時面有玩芳味古人用此花焙茶故云

絶妙好詞卷第四

絶妙好詞卷第五

弁陽老人　緝

西麓陳允平君衡

絳都春

秋千倦倚海棠半折不耐春寒殢雨弄晴飛梭庭院繡簾閑梅粧欲試芳情懶翠顰愁入眉彎霧蟬香冷霞綃淚揾恨襲湘蘭　悄悄池臺步晚任紅醺杏靨碧沁苔痕燕子未來東風無語又黃昏琴心不度春雲遠斷腸難托啼鵑夜深猶倚垂楊二十四欄

瑞鶴仙

燕歸簾半捲正漏約瓊籤笙調玉琯蛾眉畫來淺甚春衫懶試夜燈慵剪香温夢暖訴芳心芭蕉未展眇

雙波望極空江二十四橋凭徧　葱倩銀屏綵鳳霧金蟬舊家坊院煙花弄晚芳草恨斷魂遠對東風無語綠陰深處時見飛紅數片筭多情尚有黃鸝向人睍睆

思佳客

錦屋沉沉寶篆殘惜春無語倚闌干庭前芳草空惆悵簾外飛花自往還　金屋靜玉簫閑一樽芳酒駐紅顏東風落盡酴醾雪滿地清香夜不寒

戀繡衾

多情無語斂黛眉寄相思偏仗柳枝待折向樽前唱奈東風吹作絮飛　歸來醉抱琵琶睡正酒醒香盡漏移無賴是梨花夢被月明偏照翠幃

糖多令

休去採芙蓉秋江煙水空帶斜陽一片征鴻欲頓閑
愁無頓處都著在兩眉峰　心事寄題紅畫橋流水
東斷腸人無奈秋濃回首層樓歸去嬾早新月挂梧
桐

滿江紅　和清真韻

月斷煙江相思字難憑鴈足從别後翠眉慵嫵素腰
如束困倚牙床春綉嬾劃金斜隱香腮肉畫漸長誰
與對文枰翻新局　枝上鵲心期卜芳草暗西廂曲
謝多情海燕伴愁華屋明月空圓雙蝶夢綵雲難駐
孤鸞宿任畫簾不捲玉鈎閑楊花撲

秋蘂香

晚酌宜城酒暖玉軟嫩紅潮面醉中窈窕度嬌眼不識愁深愁淺　綉窗一縷香絨線繫雙燕海棠滿地夕陽遠明月笙歌别院

一落索

欲寄相思愁苦倩流紅去淚花寫不斷離懷都化作無情雨　眇眇莫雲江樹淡煙横素六橋飛絮夕陽西盡總是春歸處

垂楊懷古

銀屏夢覺漸淺黄嫩緑一聲鶯小細雨輕塵建章初閉東風悄依然千樹長安道翠雲鎖玉窻深窈斷腸人空倚斜陽帶舊愁多少　還是清明過了任煙縷露條碧纖青嫋恨隔天涯幾回惆悵蘇堤曉飛花滿

地誰爲埽甚薄倖隨波縹緲啼鵑不喚春歸人自老

寄閑張樞斗南

瑞鶴仙

捲簾人睡起放燕子歸來商量春事風光又能幾減
芳菲都在賣花聲裏吟邊眼底披嫩緑移紅換紫甚
等閑半委東風半委小溪流水　還是苔痕湔雨竹
影留雲待晴還未蘭舟靜艤西湖上多少歌吹粉蝶
兒守定落花不去濕重尋香兩翅怎知人一點新愁
寸心萬里

風入松

春寒嬾下碧雲樓花事等閑休紅綃濕透秋千索記
伴仙曾倚嬌柔重疊黃金約臂玲瓏翠玉搔頭　熏

誰熨熳衣篝消遣酒醒愁舊巢未著新來燕任珠簾不上瓊鉤何處東風院宇數聲揭調甘州

南歌子

柳足朝雲濕花窻午篆清東風未放十分晴留戀海棠顏色過清明　壘潤棲新燕籠深鎖舊鶯琵琶可是不堪聽無奈愁人把做斷腸聲

謁金門

春夢怯人靜玉閨平帖睡起眉心端正貼倬枝雙杏葉　重整金泥蹀躞紅皺石榴裙褶款步花陰尋蛺蝶玉纖和粉捻

慶宮春

斜日明霞殘虹分雨軟風淺掠蘋波聲冷瑤笙情跡

寶扇酒醒無奈秋何彩雲輕散漫敲缺銅壺浩歌眉痕留怨依約遠峰學斂雙蛾　銀牀露洗涼柯屏掩香銷忍掃煙蘿楚驛梅邊吳江楓畔庾郎從此愁多草蛩喧砌料催織迴文鳳梭相思遙夜簾捲翠樓月冷星河

壺中天　解朝夕登繪幅臺與貧房各賦一

鴈橫迴碧漸煙收極浦漁唱催晚臨水樓臺乘醉倚雲引吟情閑遠露腳飛涼山眉鎖暝玉宇冰奩滿平波不動桂華低印清淺　應是瓊斧修成鉛霜擣就舞霓裳曲遍窈窕西窗誰弄影紅冷芙蓉深苑賦雪詞工留雲歌斷偏惹文簫怨人歸鶴唳翠簾十二空捲

秋堂李演廣翁

摸魚兒　太湖

又西風四橋踈柳驚蟬相對秋語瓊荷萬笠花雲重搦搦紅衣如舞鴻北去渺岸芷汀芳幾點斜陽宇吴亭舊樹又繫我扁舟漁鄉釣里秋色淡歸鷺　長干路草莽踈煙斷墅商歌如寫覊旅舟溪翠岫登臨事苔屐尚粘蒼土鷗且住怕月冷吟魂婉冉空江莫明鐙暗浦更短笛嚦風長雲弄晚天際畫秋句

聲聲慢　問梅孤山

輕韉綉谷柔屐煙堤六年遺賞新續小舫重來惟有寒沙鷗熟徘徊舊情易冷但溶溶翠波如縠愁望遠甚雲銷月老莫山自緑　嚬笑人生悲樂且聽我樽

前漁歌樵曲舊閣塵封長得樹陰如屋淒涼五橋歸路載寒秀一枝踈玉翠袖薄晚無言空倚修竹

醉桃源 題小扇

雙鴛初故步雲輕香簾蒸未晴杏鎔暗淚結紅氷留春蝴蝶情　寒薄薄日陰陰錦鳩花底鳴春懷一似草無憑東風吹又生

南鄉子 夜飲燕子樓

芳水戲桃英小滴燕支浸緑雲待覓瓊觚藏綵信流春不似題紅易得沉　天上許飛瓊吹下蓉笙染玉塵可惜素鸞留不得更深誤剪燈花斷了心

八六子 次筼房韻

乍鷗邊一番腴緑流紅又怨萍花看晚吹約晴歸路

夕分落　漁家輕雲半遮　縈縈芳草無涯還報舞

香一曲玉瓢幾許春華正細柳青煙舊時芳陌小桃

朱戶去年人面誰知此日重來繫馬春風濇墨欹鴉

黯窻紗人歸綠陰自斜

祝英臺近　次篔房韻

采芳蘋縈去艣歸步翠微雨柳色如波縈恨滿煙浦

東君若是多情未應花老心已在綠成陰處　困無

語素被褰損梨雲閑修牡丹譜妒粉爭香雙燕爲誰

舞年年紅紫如塵五橋流水知送了幾番愁去

兩山莫崙子山

水龍吟

鏡寒香歇江城路今度見春全嬾斷雲過雨花前歌

扇梅邊酒盞離思相欺萬絲縈繞一襟銷黯但年光暗換人生易感西歸水南飛鴈　也擬與愁排遣奈江山遮攔不斷嬌訛夢語盈熒啼袖迷心醉眼纈轂華裀錦屏羅薦何時拘管但良宵空有亭亭霜月作相思伴

玉樓春

綠楊芳逕鶯聲小簾幙烘香桃杏曉餘寒猶峭雨疎疎好夢自驚人悄悄　憑君莫問情多少門外江流羅帶繞直饒明日便相逢已是一春閑過了

生查子

三兩信涼風七八分圓月愁緒到今年又與前年別　衾單容易寒燭暗相將滅欲識此時情聽取鳴蛩

說

卜筭子

紅底過綠明綠外飛綿小不道東風上海棠白地春歸了　月笛曲欄留露㷔芳池繞爭得閑情似舊時徧索簷花笑

宏菴丁宥基仲

水龍吟

鴈風吹裂雲痕小樓一線斜陽影殘蟬抱柳寒蛩入戶淒音忍聽愁不禁秋夢還驚客青燈孤枕未更深早是梧桐泫露那更度蘭宵永　空嘆銀屏金井醉鄉醒溫柔鄉冷征塵倦撲閑花謾舞何心管領葱指冰絃蕙懷春錦楚梅風韻帳芙蓉城杳藍雲依黯鎖

巫峯暝

華谷儲泳文卿

齊天樂

東風一夜吹寒食枝頭片紅猶戀宿酒初醒新吟未穩凭久闌干留暖將春買斷恨苔徑榆堦翠錢難貫陌上秋千相逢難認舊時伴　輕衫粉痕褪了絲緣餘夢在良宵偏短柳線輕煙鶯梭織霧一片舊愁新怨慵拈象管待寄與深情怎憑雙燕不似楊花解隨人去遠

寒泉趙汝迕叔午

清平樂

初鶯細雨楊柳低愁縷煙浦花嬌如夢裏猶記倚樓

別語　小屏依舊圍香恨拋薄醉殘粧判却寸心雙
淚爲他花月淒涼

梅麓樓扶叔茂

水龍吟　次清真梨花韻

素娥洗盡繁粧夜深步月秋千地輕肥暈玉柔肌籠
粉緇塵斂避霽雪留香晚雲同夢昭陽空閉悵仙園
路杳曲闌人寂疎雨濕盈盈淚　未放游蜂葉底怕
春歸不禁狂吹象床困倚冰魂微醒鶯聲喚起愁對
黄昏恨催寒食滿襟離思想千紅過盡一枝獨冷把
梅花比

菩薩蠻

絲絲楊柳鶯聲近晚風吹過秋千影寒色一簾輕燈

殘夢不成　耳邊消息在　笑指花梢待　又是不歸來　滿庭花自開

梅屋史介翁吉父

菩薩蠻

柳絲輕颺黃金縷　織成一片紗窗雨　閒合做春愁　困慵熏玉篝　莫寒羅袖薄　杜宇催花落　先自爲詩忙　薔薇一陣香

葵窻周端臣彦良

木蘭花慢送人之官

靄芳陰未解　乍天氣　過元宵　訝客袖猶寒　吟窻易曉　春色無聊　梅梢尚留顧藉　滯東風　未肯雪輕飄　知道詩翁欲去　遞香要送蘭橈　清標　會上叢霄　千里阻

九華遥料今朝別後他時有夢應夢今朝河橋柳愁未醒贈行人又恐越魂銷留取歸來繫馬翠長千縷柔條

玉樓春

華堂簾幙飄香霧一搦楚腰輕束素翩蹮舞態燕還驚綽約粧容花畫妬　樽前謾詠高唐賦巫峽雲深留不住重來花畔倚闌干秋滿闌干無倚處

學舟楊子咸

木蘭花慢雨中荼蘼

紫凋紅落後忽十丈玉虬横望衆緑帷中藍田璞碎鮫室珠傾柔條倚風無力更不禁連日峭寒清空與蝶圓香夢枉教鶯訴春情　深深苔逕悄無人欄檻

濕香塵嘆寶髻鬔鬆粉鉛狼藉誰管飄零不愁素雲
易散恨此花開後更無春安得胡床月夜玉醅滿蘸
瑤英

西村湯恢充之

二郎神 用徐幹臣韻

瑣窻睡起閑竚立海棠花影記翠檝銀塘紅牙金縷
杯泛梨花冷燕子銜來相思字道玉瘦不禁春病應
蝶粉半銷鴉雲斜墜暗塵侵鏡　還省香痕碧唾春
衫都凝悄一似荼蘼玉肌翠被消得東風喚醒青杏
單衣楊花小扇閑却晚春風景最苦是胡蝶盈盈弄
晚一簾風靜

倦尋芳

餳簫吹暖蠟燭分煙春思無限風到楝花二十四番吹遍煙濕濃堆楊柳色晝長閑墜梨花片悄簾櫳聽幽禽對語分明如翦　記舊日西湖行樂載酒尋春十里塵軟背後腰肢彷彿畫圖曾見宿粉殘香隨夢冷落花流水和天遠但如今病猒猒海棠池館

滿江紅

小院無人正梅粉一階狼藉疎雨過溶溶天氣早如寒食啼鳥驚回芳草夢峭風吹淺桃花色漫玉爐沉水熨春衫花痕碧　綠縠水紅香陌紫桂棹黄金勒悵前懽如夢後遊何日酒醒香消人自瘦天空海闊春無極又一林新月照黄昏梨花白

祝英臺近

宿酲蘇春夢醒沉水冷金鴨落盡桃花無人掃紅雪漸催煑酒園林單衣庭院春又到斷腸時節恨離別長憶人立荼蘼珠簾捲香月幾度黄昏瓊枝爲誰折都將千里芳心十年幽夢分付與一聲啼鴂

又中秋

月如冰天似水冷浸畫闌濕桂樹風前醲香半狼籍此翁對此良宵别無可恨恨則恨古人頭白洞庭窄誰道臨水樓臺清光最先得萬里乾坤元無片雲隔不妨彩筆銀牋翠尊冰醖自管領一庭秋色

八聲甘州

摘青梅薦酒甚殘寒猶怯苧羅衣正柳腴花瘦緑雲冉冉紅雪霏霏隔屋秦箏依約誰品春詞回首繁華

夢流水斜暉　寄隱孤山山下但一瓢飲水深掩苔
扉羨青山有思白鶴忘機悵年華不禁搔首又天涯
彈淚送春歸銷魂遠千山啼鴂十里荼蘼

半湖何光大謙履

謁金門

天似水池上藕花風起隔岸垂楊青到地亂螢飛入
止露濕玉闌閑倚人靜自生涼意泛碧沉朱供晚
醉月斜纔去睡

冰壺趙溍元晉

臨江仙西湖春

堤曲朱牆近遠山明碧瓦高低好風二十四花期驕
驄穿柳去文艋挾春飛　簫鼓晴雷殷殷笑歌香霧

霏霏閑情不受酒禁持斷橋無立處斜月欲歸時

吳山青　水仙

金樸明玉樸明小小杯柈翠袖擎滿將春色盛仙佩鳴玉佩鳴雪月花中過洞庭此時人獨清

平遠趙淇元建

謁金門

吟望直春在欄杆咫尺山插玉壺花倒立雪明天混碧　曉露絲絲瓊滴虛揭一簾雲濕猶有殘梅黄半壁香隨流水急

吾竹毛珝元白

浣溪沙

緑玉枝頭一粟黄碧紗帳裏夢魂香曉風和月步新

涼　吟倚畫闌懷李賀笑持玉斧恨吳剛素娥不嫁

爲誰妝

漁莊潘希白懷古

大有九日

戲馬臺前採花籬下問歲華還是重九恰歸來南山

翠色依舊簾櫳昨夜聽風雨都不似登臨時候一片

宋玉情懷十分衛郎清瘦　紅萸佩空對酒砧杵動

微寒暗欺羅袖秋已無多早是敗荷衰柳強整帽簷

欹側曾經向天涯搔首幾回憶故國蓴鱸霜前鴈後

鶴田李玨元暉

擊梧桐別西湖社友

楓葉濃於染秋正老江上征衫寒淺又是秦鴻過霽

煙外寫出離愁幾點年來歲去朝生暮落人似吳潮展轉怕聽陽關曲奈短笛喚起天涯情遠　雙屐行春扁舟嘯晚憶著鷗湖鷺苑鶴帳梅花屋　月後記把山扉牢掩惆悵明朝何處故人相望但碧雲半斂定蘇堤重來時候芳草如翦

木蘭花慢寄豫章故人

故人知健否又過了一番秋記十載心期蒼苔茅屋杜若芳洲天遙夢飛不到但滔滔歲月水東流南浦春波舊別西山暮雨新愁　吳鈎光透黑貂裘客思晚悠悠更何處相逢殘更聽鴈落日呼鷗滄江白雲無數約它年攜手上扁舟鴉陣不知人意黃昏飛向城頭

碧澗利登履道

風入松

斷蕪幽樹際煙平山外更山青天南海北知何極年年是匹馬孤征看盡好花結子暗驚新笋成林歲華情事苦相尋弱雪鬢毛侵十千斗酒悠悠醉斜河界白月雲心孤鶴盡邊天闊清猿啼處山深

松山曹邍擇可

玲瓏四犯茶蘼應制

一架幽芳自過了梅花猶占清絶露葉檀心香滿萬條晴雪肌素靜洗鉛華似弄玉乍離瑶闕看翠虬白鳳飛舞不管暮煙啼鴂　酒中風格天然別記唐宮賜尊芳冽玉䨲喚得餘春住猶醉迷飛蝶天氣乍雨

乍晴長是伴牡丹時節夜散瓊樓宴金鋪深掩一庭香雪

江村劉瀾養源

慶宫春 重登蛾眉亭感舊

春剪緑波日明金渚鏡光盡浸寒碧喜溢雙蛾迎風一笑兩情依舊脉脉那時同醉錦袍濕烏紗亂側英游何在滿目青山飛下孤白 片帆誰上天門我亦明朝是天門客平生高興青蓮一葉從此飄然八極磯頭緑樹見白馬書生破敵百年前事欲問東風酒醒長笛

瑞鶴仙 海棠

向陽看未足更露立闌干月高人獨江空佩鳴玉問

煙鬟霞臉，爲誰膏沐，清閑景寂。嫁東風無媒，自卜鳳臺高，貪伴吹笙，驚下九天霜鵠。紅處花開不到，杜老溪莊，巴公茅屋。山城水國，歡易斷，夢難續。記年時，馬上人酣，花醉樂奏，開元舊曲。夜歸來，駕錦幔天，絳紗萬燭。

齊天樂　吳興郡宴遇舊人

玉釵分向金華後，回頭路迷仙苑。落翠驚風，流紅逐水，誰信人間重見。花深半面，尚歌得柳家，三變綠葉。陰陰不似那時看。劉郎今度更老，雅懷都不到，書帶題扇。花信風高，苕溪月冷，明日雲帆天遠。塵緣較短，一夢輕回，酒闌歌散。別鶴驚心，感時花淚濺。

梅深張龍榮成子

摸魚兒

天吳塵暗斑吟袖西湖深處能浣晴雲片片平波影飛趁棹歌聲遠回首喚彷彿記春風共載斜陽岸輕攜分短悵柳密藏橋煙濃斷徑隔水語音换思量遍前度高陽酒伴離踪悲事何限雙峰塔露書空穎情共暮鴉盤轉歸思懶悄不似留眠水國蓮畔燈簾暈滿正蠹帙逢迎沉煤半冷風雨閑宵館

絶妙好詞卷第五

絶妙好詞卷第六

弁陽老人緝

貧房李彭老商隱

木蘭花慢

正千門繫柳，賜宮燭，散青煙。看秀靨芳辰，塗妝暈色，試盡春妍。田田滿階榆莢，弄輕陰、淺冷似秋天。隨處餳香杏暖，燕飛斜蟬秋千。朱絃幾換華年，扶淺醉、花前記舊時游冶，燈樓倚扇，水院移船。吟邊夢雲遠，有題紅、都在薛濤牋。聽絶殘簫倦笛，夜堂明月窺簾。

壺中天　登寄閒吟臺

素飈蕩碧，喜雲飛零廓，清透涼宇。倦鵲驚翻臺榭迥，蕖

葉秋聲歸樹珠斗斜河氷輪輾霧萬里青冥路鄉深

屏翠桂邊滿袖風露　煙外泠逼玻瓈漁郎歌杳擊

空明歸去怨鶴知更蓮漏悄竹裏篩金簾户短髮吹

寒閑情吟遠弄影花前舞明年今夜玉樽知醉何處

高陽臺落梅

飄粉杯寛戚香袖小青青半掩苔痕竹裏遮寒誰念

減盡芳雲么鳳叫晚吹晴雪料水空煙冷西泠感凋

零殘縷遺鈿迤邐成塵　東園曾趁花前約記按箏

籌酒戲挽飛瓊環珮無聲草暗臺榭春深欲倩怨笛

傳清譜怕斷霞難返吟魂轉銷凝三點隨波望極江

亭

法曲獻仙音官圃賦梅繼草窻韻

雲木槎牙水葓搖落瘦影半臨清淺翠羽迷空粉容羞曉年華柱絃頻換甚何遜風流在相逢共寒晚總依黯　念當時看花游冶曾錦纜移舟寶箏隨輦池苑鎖荒涼嗟事逐鴻飛天遠香逕無人甚蒼蘚黄塵自滿聽鴉啼春寂暗雨蕭蕭吹怨

一萼紅　寄弁陽翁

過薔薇正風暄雲澹春去未多時古岸停橈單衣試酒滿眼芳草斜暉故人老經年賦別鐙暈裏相對夜何其泛剡清愁買花芳事一卷新詩　流水孤颿漸遠想家山猿鶴喜見重歸兆阜尋幽青津問釣多情楊柳依依最難忘吟邊舊雨數菖蒲　老是來期幾多相思夢蝶飛遶蘋溪

高陽臺　寄題孫壁房

石笋埋雲，風篁嘯晚，翠微高處幽居。縹簡雲籤，人間一點塵無。緑深門戶啼鵑外，看堆牀寶晉圖書。儘蕭閑，浴研臨池，滴露研朱。　舊時曾寫桃花扇，弄霏香秀筆，春滿西湖。松菊依然，柴桑自愛吾廬。冰絃玉塵風流在，更秋蘭香染衣裾。照窻明，小字珠璣，重見歐虞。

探芳訊　湖上春游，繼草窻韻

對芳晝。甚怕冷添衣，傷春疎酒。正緋桃如火，相看自依舊。閑簾深掩梨花雨，誰問東陽瘦。幾多時，張緑鶯墮紅，鴛甃。　堤上寶鞍驟。記草色薰晴，波光摇岫。蘇小門前，題字尚存否。繁華短夢隨流水，空有詩千

首更休言張緒風流似柳

祝英臺近

杏花初梅花過時節又春半簾影飛梭輕陰小庭院舊時月底秋千吟香醉玉曾聽細歌珠一串　忍重見描金小字題情生綃合歡扇老了劉郎天遠玉簫伴幾番鶯外斜陽闌干倚徧恨楊花遮愁不斷

踏莎行　題草窗十擬後

紫曲迷香綠窗夢月芳心如對春風説蠻牋象管寫新聲幾番曾試瓊壺缺　庾信書愁江淹賦別桃花紅雨梨花雪周郎先自足風流何須更擬秦笙咽

浪淘沙

潑火雨初晴草色青青傍簷垂柳賣春餳畫舫載花

花解語綰燕吟鶯　簫鼓入西泠一片輕陰鈿車羅
蓋競歸城別有水窻人喚酒弦月初生

四字令

蘭湯晚凉鸞釵半妝紅巾膩雪吹香擘蓮房賭雙
羅紈素璫氷壺露牀月移花影西廂數流螢過牆

生查子

羅襦隱繡茸玉合銷紅豆深院落梅鈿寒峭收燈後
心事卜金錢月上鵝黃柳拜了夜香休翠被聽春
漏

秋崖李萊老周隱

惜紅衣寄弁陽翁

笛送西泠艇過杜曲晝陰芳綠門巷清風還尋故人

屋蒼華髪冷笑瘦影相看如竹幽谷煙樹曉鶯訴經年愁獨　残陽古木書畫歸船匆匆又雲北蘋洲鷗鷺素熟舊盟續甚日浩歌招隱聽雨弁陽同宿料重來時候香蕩幾灣 紅玉

青玉案 題草窗詞卷

吟情老盡江南句幾千萬垂楊縷花冷絮飛寒食路漁煙漚雨燕昏鶯晚總入昭華譜　紅衣妝靚涼生渚環碧斜陽舊時樹枯葉分題觴詠處荀香猶在庾愁何許雲冷西湖賦

楊州慢 瓊花次韻

玉倚風輕粉凝冰薄土花詞冷無人聽吹簫月底傳暮草金城笑紅紫紛紛成雨遡空如蝶背墮珠塵歎

絶妙好詞卷六　四

而今杜郎還見應賦悲春　珮環何許縱無情鶯燕
猶驚悵朱檻香銷綠屏夢杳腸斷瑤瓊九曲迷樓依
舊沉沉夜想覓行雲但荒煙幽翠東風吹作秋聲

謁金門

春意態閑却遠山横黛香逕梅苔嗟粉壞鳳靴雙鬬
綵　折得花枝慵戴猶憶鴛鴦飛蓋舊恨新愁都只
在東風吹柳帶

浪淘沙

榆火換新煙翠柳朱簷東風吹得落花顛簾影翠梭
懸綉帶人倚秋千　猶憶十年前西子湖邊斜陽催
入畫樓船歸醉夜堂歌舞月㨂却春眠

生查子

妾情歌柳枝郎意怜桃葉羅帶綰同心誰信愁千結
樓上數殘更馬上看新月綉被怨春寒怕學鴛鴦
疊

高陽臺落梅

門掩香殘屏揺夢冷珠鈿糝綴芳塵臨水搴花流來
疑是行雲蘚梢空挂淒涼月想鶴歸猶怨黄昏黯銷
凝人老天涯鴈影沉沉　斷腸不在聽横笛在江皐
解佩翳玉飛瓊烟濕荒村背春無限愁深迎風點點
飄寒粉悵秋娘滿袖啼痕更關情青子懸枝緑樹成
陰

木蘭花慢寄題孫壁山房

向煙霞堆裏著吟屋最髙層望海日翻紅林霏散白

猿鳥幽深雙岑倚天翠濕看浮雲收盡雨還晴曉色千松逗冷照人眼底長青　閑情玉麈風生摹繭字校鶩經愛靜翻緗帙芸臺棐几荷製蘭纓分明晉人舊隱掩岩扉月午籟沉沉三十六梯樹杪遡空遐想登臨

清平樂

綠窗初曉枕上聞啼鳥不恨王孫歸不早只恨天涯芳草　錦書紅淚千行一春無限思量折得垂楊寄與絲絲都是愁腸

臺城路寄弁翁

半空河影流雲碎亭皐嫩涼收雨井葉還驚江蓮亂落弦月初生商素堂深幾許漸爽入雲幬翠綃千縷

紈扇恩疎晚螢光冷照窻戸　文園憔悴頓老又西風暗換鬢絲成數燈外殘碪琴邊瘦枕一一情傷遲暮故人勸旅　湘水長安感時吟苦政自多愁砌蛩終夜語

浪淘沙

寶匳繡簾斜鶯燕誰家銀箏初試合琵琶柳色春羅裁袖小雙戴桃花　芳草滿天涯流水韶華晚風楊柳緑交加閑倚闌干無藉在數盡歸鴉

杏花天

年時中酒風流病正雨暗蘼蕪深逕人家寒食煙初禁狼藉梨花雪影　西湖夢紅沉醉冷記舞板歌裙厮趂斜陽苦是黄昏近生怕畫船歸盡

小重山

晝蘙簷柳碧如城一簾風雨裏過清明吹簫門巷冷無聲梨花月今夜负中庭　遠岫斂修嚬春愁吟入譜付鶯鶯紅塵没馬翠埋輪西泠曲歡夢絮飄零

芝室應灋孫堯成

霓裳中序第一

愁雲翠萬疊露柳殘蟬空抱葉簾捲流蘇寶結乍庭戶嫩涼闌干微月玉纖勝雪委素紈塵鎖香篋思前事鶯期燕約寂寞向誰説　悲切漏籤聲咽漸寒地蘭釭未滅良宵長是閒別酒凝紅銷粉涴瑤玦鏡盟鸞影缺吹怨笛西風數闋無言久和衣成夢睡損縷金蝶

賀新郎

宿霧樓臺濕曉晴初花明柳潤燕飛鶯集舊約重來歌舞地留得艷香嬌色又夢草東風吹碧午困騰騰春欲醉對文楸玉子無心拾看蝶舞傍花立　酒痕未醒愁先入記年時翠樓寒淺寶笙慵吸想駐馬河橋分別恨輕竹風颺煙笠早塵暗華堂簾隙倚盡黄昏人獨自望江南回鴈歸雲急憑付與錦牋墨

松間王億之景陽

高陽臺

雙槳敲冰低篷護冷扁舟曉渡西泠回首吳山微茫遥帶重城堤邊幾樹垂楊柳早嫩黄揺動春情問孤鴻何處飛來共喚飄零　輕颿初落沙洲瞑漸潮痕

雨漬面色風皴旅思羈愁偏能老大行人姮娥不管
征途苦甚夜深儘照孤衾想玉樓猶凭闌干爲我銷
凝

野雲余桂英子發

小桃紅

芳草連天暮斜日明汀渚懊恨東風　春夢匆匆
又去早知人酒病更詩愁莫墮花飛絮　寶鏡空留
恨箏鴈渾無據門外當時薄情流水如今何處正相
思望斷碧山雲又鶯啼晚雨

葦航胡仲弓希聖

謁金門

蛾黛淺只爲晚寒妝嬾潤逼鏡鸞紅霧滿額花留半

面　漸次梅花開遍花外行人已遠欲寄一枝嫌夢
短濕雲和恨剪

畏齋尚希尹莘老

浪淘沙

結客去登樓誰繫蘭舟半篙清漲雨初收把酒留春
春不住柳暗江頭　老去怕閑愁莫莫休休晚來風
惡下簾鉤試問落花隨水去還解西流

秋堂柴望仲山

念奴嬌

春來多困正是移簾影銀屏深閑喚夢幽禽煙柳外
驚斷巫山十二宿酒初醒新愁半解惱得成憔悴鬆
鬆雲鬟不忺鸞鏡梳洗　門外滿地香風殘梅零落

玉糝蒼苔碎乍暖乍寒渾莫擬欲試羅衣猶未鬬草
雕闌買花深院做踏青天氣晴鳩鳴處一池昨夜春
水

野逸朱藻

採桑子

障泥油壁人歸後滿院花陰樓影沉沉中有傷春一
片心　閑穿緑樹尋梅子斜日籠明團扇風輕一逕
楊花不避人

乙山黄鑄希顔

秋蘂香令

花外數聲風定煙際一痕月淨水晶屏小欹翠枕院
靜鳴蛩相應　香銷斜掩青銅鏡背燈影寒砧夜半

和鴈陣秋在劉郎緑鬢

花洲王同祖與之

阮郎歸

一簾跡雨細於塵春寒愁殺人桐花庭院近清明新煙浮舊城　尋蝶夢怯鶯聲柳絲如妾情丙丁帖子畫教成妝臺求晚晴

梅山王茂孫景周

髙陽臺 春夢

遲日烘晴輕煙縷畫鎖窻雕户慵開人燭春閑金猊暖透蘭煤山屏緩倚珊瑚畔任翠陰移過瑶階悄無聲綵翅翩翩何處飛來　片時千里江南路被東風悞引還近陽臺賦雨嬌雲多情恰喜徘徊無端枝上

啼鳩喚便等閑孤枕驚回惡情懷一院楊花一逕蒼苔

點絳唇　蓮房

析斷煙痕翠篷初離鴛鴦浦玉纖相妬翻被專房悞乍脱青衣猶著輕羅護多情處芳心一縷都爲相思苦

可竹王易簡理得

齊天樂　客長安賦

宫煙曉散春如霧參差護晴窻戶柳色初分餳香未冷正是清明百五臨流笑語映十二闌干翠嚬紅嬿短帽輕鞍倦游曾遍斷橋路　東風爲誰媚嫵歲華頻感慨雙鬢何許前度劉郎三生杜牧贏得征衫塵

上心期暗數總寂寞當年酒籌花譜付與春愁小樓今夜雨

酹月

暗簾吹雨怪西風梧井淒涼何早一寸柔情千萬縷臨鏡霜痕驚老鴈影關山蛩聲院宇做就新懷抱湘皋遺佩故人空寄瑤草　已是搖落堪悲飄零多感邪更長安道衰草寒蕪吟未盡無邪平煙殘照千古閑愁百年往事不了黄花笑漁樵深處滿庭紅葉休掃

慶宫春　謝草窗惠詞卷

庭草春遲汀蘋香老數聲珮悄蒼玉年晚江空天寒日暮壯懷聊寄幽獨倦遊多感更西北高樓送目佳

人不見慷慨悲歌夕陽喬木　紫霞洞窅雲深嫋嫋餘音鳳簫誰續桃花賦在竹枝詞遠此恨年年相觸翠楡芳宇謾重省當時顧曲因君凝竚依約吳山半痕蛾綠

竹山張桂惟月

菩薩蠻

東風忽驟無人見玉塘煙浪浮花片步濕下香堦苔粘金鳳鞋　翠鬟愁不整臨水閑窺影摘得野薔薇游蜂相趂歸

浣溪紗

雨壓楊花路半乾蜂遺花粉在闌干牡丹開盡正春寒　懶品幺絃金鴈並瘦驚雙釧玉魚寬新愁不放

翠眉閑

梅屋張槃叔安

綺羅香　漁浦有感

浦月窺檐松泉漱枕屏裏吴山何處暗粉疏紅依舊爲誰匀注都負了燕約鶯期更閑却柳煙花雨縱十分春到郵亭賦懷應是斷腸句　青青原上薺麥還被東風無賴翻成離緒望極天西惟有隴雲江樹斜照帶一縷新愁盡分付暮潮歸去步閑階時卜心期落花空細數

浣溪沙

習習輕風破海棠秋千移影上迴廊晝長蝴蝶爲誰忙　度柳早鶯分暖緑過花小燕帶春香滿庭芳草

又斜陽

　　樗岩張林去非

　糖多令

金勒鞚花驄故山雲霧中翠蘋洲先有西風可惜嫩涼時枕簟都付與舊山翁　雙翠合眉峯淚華分臉紅向樽前何太匆匆纔是別離情便苦都莫問淡和濃

　柳梢青燈花

白玉枝頭忽看蓓蕾金粟珠垂半顆安榴一枝穠杏五色薔薇　何須羯鼓聲催銀缸裏春工四時却笑燈蛾學他蜂蝶照影頻飛

　　萬山朱晞孫令則

真珠簾

春雲做冷春知未春愁在碎雨敲花聲裏海燕已尋蹤到畫溪沙際院落秋千楊柳外待天氣十分新霽春市有青帘芬陌紅坊紅吹　須信處處東風又何妨對此籠香覓醉曲盡索餘情奈夜航催離夢滿氷衾身似寄筭幾度吳鄉煙水無寐試明朝説與西園桃李

松壑吳大有有大

點絳唇　送李琴泉

江上旗亭送君還是逢君處酒闌呼渡雲壓沙鷗暮漠漠蕭蕭香凍梨花雨添愁緒斷腸柔櫓相逐寒潮去

玉田張炎叔夏

壺中天　養拙夜飲客有彈箜篌者即事以賦

瘦筇訪隱正繁陰閑鎖一壺幽緑喬木蒼寒圖畫古窈窕人行韋曲鶴響天高水流花淨笑語通華屋虚堂松外夜深涼氣吹燭　樂事楊柳樓心瑶臺月下有生香堪掬誰理商聲簾户悄蕭颯懸璫鳴玉一笑難逢四愁休賦任我雲邊宿倚闌歌罷露螢飛下秋竹

渡江雲　次趙元父韻

錦鄉繚繞地涼燈挂壁簾影浪花斜酒船歸去後轉首河橋那處認紋紗重盟鏡約還記得前度秦嘉惟只有葉題緘付流不到天涯　驚嗟十年心事幾曲

闌干想蕭娘聲價閑過了黄昏時候跌柳啼鴉浦潮夜涌平沙白遡斷鴻知落誰家書又遠空江片月蘆花

甘州 餞草窻西歸

記天風飛珮紫霞邊顧曲萬花深　相如游倦杜陵愁老還嘆飄零短夢恍然今昔故國十年心回首三三逕松竹成陰　不恨片蓬南浦恨剪燈聽雨誰伴孤吟料瘦筇歸後閑鎻北山雲是幾番柳邊行色是幾番同醉古園林煙波遠筆牀茶竈何處逢君

蓮社趙崇霄有得

東風第一枝

妬雪梅魋迷煙柳醒游絲輕颺新霽捲簾看燕初歸

步屧爲花早起春來猶淺便做出十分春意喜鳳釵
纔卸珠旛早換巧梭描翠　著數點催花雨賸更一
陣逓香風細小鶯忺暖調聲嫩蝶試晴舞翅清歡易
失怕輕負年芳流水好趁閑共整吟韉日日訪桃尋

李

藥莊范晞文景文

意難忘

清淚如鉛嘆咸陽送遠露冷銅仙岩花紛墜雪津柳
暗生煙寒食後暮江邊草色更芊芊四十年留春意
緒不似今年　山陰欲棹歸船暫停杯雨外舞劍燈
前重逢應未卜此别轉堪憐憑急管倩繁絃思苦調
難傳望故鄉都將往事付與啼鵑

松窻鄭斗煥丙文

新荷葉

乳鴨湖塘晴波漾綠鱗鱗宿藕根香夏來生意還新蚨錢小鈿花貼翠相間萍星一番雨過一番晴展圓清　魚戲龜遊看來猶未勝情因憶年時垂釣曾約輕盈玉人何處關情是半捲芳心簾風一棹鴛鴦催起歌聲

梅南曹良史之才

江城子

夜香燒了夜寒生掩銀屏理銀箏一曲春風都是斷腸聲杜宇欲啼楊柳外愁似海思如雲　背燈暗卸乳鵝裙酒初醒夢初醒蘭炷熏篝誰爲暖羅衾二十

四簾人悄悄花影碎月痕深

靜傳董嗣杲明德後入道改名思學字無益

湘月

蓮幽竹邃舊池亭幾處多愛君子醉玉吹香還認取忙裏得閑標致心逐雲帆情隨煙笛高會知誰繼宵蓮會啟驀然身外浮世　因見杜牧跡狂前緣夢裏謾感雙眉翠香滿屏山春滿几爐擁麝焦禽睡月落梅空霜濃窓掩兩耳風聲起艷歌終散輸他鶴帳清寐

絶妙好詞卷第六

絶妙好詞卷第七

弁陽老人緝

草窻周密公謹

夷則商國香慢 賦子固凌波圖

玉潤金明記曲屏小几翦葉移根經年記人重見瘦影娉婷雨帶風襟零亂步雲冷鵞管吹春相逢舊京洛素靨塵緇仙掌霜凝　國香流落恨正氷銷翠薄誰念遺簪水空天遠應念礬弟梅兄渺渺魚波望極五十絃愁滿湘雲淒涼耿無語夢入東風雪盡江清

一蕚紅 登蓬萊閣有感

步深幽正雲黃天淡雪意未全休鑑曲寒沙茂陵煙草俛仰今古悠悠歲華晚飄零漸遠誰念我同載五

湖舟磴古松斜厓陰苔老一片清愁　回首天涯歸夢幾魂飛西浦淚灑東州故國山川故園心眼還似王粲登樓最負他秦鬟粧鏡好江山何事此時遊爲喚狂吟老監共賦銷憂閣在紹興西浦東州皆其地

掃花游九日懷歸

江蘺怨碧蚤過了霜花錦空洲渚孤螿自語正長安亂葉萬家砧杵塵染秋衣誰念西風倦旅恨無據悵望極歸舟天際煙樹　心事曾細數怕水葉沉紅夢雲離去情絲恨縷倩回紋爲織那時愁句鴈字無多寫得相思幾許暗凝竚近重陽滿城風雨

三姝媚送聖與還越

淺寒梅未綻正潮過西陵短亭逢鴈秉燭相看嘆俊

游零落滿襟依黯露草霜花愁正在廢宮蕪苑明月河橋笛外樽前舊情消減　莫訴離觴深淺恨聚散怱怱夢隨飆遠玉鏡塵昏怕賦情人老後逢悽惋一様歸心又喚起故園愁眼立盡斜陽無語空江歲晚

獻仙音　弔雪香亭梅

松雪飄寒嶺雲吹凍紅破數椒春淺襯舞臺荒浣妝池冷淒涼市朝輕換嘆花與人凋謝依依歲華晚共淒黯　問東風幾番吹夢應慣識當年翠屏金輦一片古今愁但廢緑平煙空遠無語銷魂對斜陽衰草淚滿又西泠殘笛低送數聲春怨

高陽臺　送陳君衡被召

照野旌旗朝天車馬平沙萬里天低寶帶金章樽前

茸帽風欹秦關汴水經行地想登臨都付新詩縱英游疊鼓清笳駿馬名姬　酒酣應對燕山雪正冰河月凍曉隴雲飛投老殘年江南誰念方回東風漸綠西湖柳鴈已還人未南歸最關情折盡梅花難寄相思

慶宮春　送趙元父過吳

重疊雲衣微茫鴈影短篷穩載吳雪霜葉敲寒風燈搖惡棹歌人語嗚咽擁衾呼酒正百里冰河合千山換色一鏡無塵玉龍吹裂　夜深醉踏長虹表裏空明古今清絶高臺在否登臨休賦忍見舊時明月翠銷香冷怕空負年芳輕別孤山春早一樹梅花待君同折

高陽臺寄越中諸友

小雨分紅，残寒迷浦，春容淺入蒹葭。雪霽空城，燕歸何處人家。夢魂欲度滄茫去，怕夢輕、還被愁遮。感流年，夜汐東還，冷照西斜。　萋萋望極王孫草，認雲中煙樹，鷗外春沙。白髮青山，可憐相對蒼華。歸鴻自趂潮回去，笑倦游、猶是天涯。問東風，先到垂楊，後到梅花。

探芳信西泠春感

步晴晝，向水院維舟，津亭喚酒。歎劉郎重到，依依漫懷舊。東風空結丁香怨，花與人俱瘦。甚淒涼，暗草沿池，淚苔侵甃。　橋外晚風驟，正香雪隨波，淺煙迷岫。廢苑塵梁，如今燕來否。翠雲零落空堤冷，往事休回

首最銷魂一片斜陽戀柳

水龍吟白荷

素鸞飛下青冥舞衣半惹凉雲碎藍田種玉綠房迎曉一奩秋意擎露盤深憶君清夜暗傾鉛水想鴛鴦正結梨雲好夢西風冷還驚起　應是飛瓊仙會遡凉飈碧簪斜墜輕妝鬬白明璫照影紅衣羞避霽月三更粉雲千點靜香十里聽湘絃奏徹冰綃偷剪聚相思淚

儆韡十解

四字令擬花間

眉梢睡黄春凝淚妝玉瓶水暖微香聽蜂兒打窗　箏塵半床綃痕半方愁心欲訴垂楊奈飛紅正忙

西江月　延祥觀拒霜擬稼軒

緑綺紫絲步障，紅鸞彩鳳仙城。誰將三十六陂春，換得兩堤秋錦。　眼纈翠迷朱碧，筆花俊賞丹青。斜陽展盡趙昌屏，羞死舞花妝鏡。

江城子　擬蒲江

羅窗曉色透花明，龍瑤笙，按瑤箏。幾訊東風，能有幾分春。二十四闌憑玉暖，楊柳月，海棠陰。　依依愁翠沁雙顰，愛鶯聲，怕鵑聲。人自多情，春去自無情。把酒問花花不語，花外夢，夢中雲。

少年游　宫詞擬梅溪

簾綃寶相捲宫羅，蜂蝶撲飛梭。一樣東風，燕梁鶯院，那處春多。　曉粧日日隨香輦，多在牡丹坡。花深深

處柳陰陰處一片笙歌

好事近　擬東澤

新雨洗花塵撲撲小庭香濕早是垂楊煙老漸嫩黃成碧　晚簾都捲看青山山外更山色一色梨花新月伴夜窗吹笛

西江月　擬花翁

情縷紅絲冉冉啼花碧袖熒熒迷香雙蝶下庭心一行愔愔簾影　北里紅紅短夢東風鴈鴈前塵穪銷不過牡丹情中半傷春酒病

醉落魄　擬參晦

憶憶憶憶宮羅褶褶銷生色吹花有盡情無極淚滴空簾香潤柳枝濕　春愁浩蕩湘屏窄紅蘭夢繞江

南北燕鶯都是東風客移畫庭陰風老杏花白

朝中措 茉莉 擬夢窗

綵輪朱乘駕濤雲親見許飛瓊多定梅魂纔返香瘢半掐秋痕　枕函釵縷熏篝芳焙兒女心情骨有第三花在不妨留待凉生

醉落魄 擬二隱

餘寒正怯金沉影皺東風揭舞衣絲損愁千褶一縷楊絲猶是去年折　臨窗擁髻愁誰說花庭一寸燕支雪春花似舊心情別待摘玫瑰飛下粉黃蝶

浣溪沙 擬梅川

蠶已三眠柳二眠雙竿初起畫秋千鶯櫳風響十三絃　魚素不傳新信息鸞膠難續好因緣薄情明月

幾番圓

甘州　燈夕書寄二隱

漸萋萋芳草緑江南，輕暉弄春容。記少年遊處，簫聲坊陌，燈影簾櫳。月暖烘爐戲鼓，十里步香紅。欹枕聽新雨，往事朦朧。　還是春江夢曉，怕等閑愁見，鴈影西東。喜故人好在，水驛寄詩筒。數芳程、漸催花信，送歸艦、知第幾番風。空吟想、梅花千樹，人在山中。

踏莎行　與莫兩山談邗城舊事

遠草情鍾，孤花韻勝。一樓聳翠生秋暝。十年二十四橋春，轉頭明月簫聲冷。　賦藥才高，題瓊語俊。蒸香壓酒芙蓉頂。景留人去怕思量，桂窻風露秋眠醒。

碧山王沂孫聖與

醉蓬萊 歸故山

掃西風門逕黃葉凋零白雲蕭散柳換枯陰賦歸來何晚爽氣霏霏翠娥娟嫵聊慰登臨眼故國如塵故人如夢登高還嬾　數點寒英爲誰零落楚魄難招暮寒堪攬步屧芳籬誰念幽芳遠一室秋燈一庭秋雨更一聲秋鴈試引芳樽不知消得幾多依黯

法曲獻仙音 聚景官梅次草窓韻

層緑峩峩纖瓊皎皎倒壓波痕清淺過眼年華動人山意相逢幾番春換記喚酒尋芳處盈盈褪妝晚已銷黯　況淒凉近來離思應忘却明月夜深歸輦荏苒一枝春恨東風人似天遠縱有殘花洒征衣鉛淚都滿但殷勤折取自遣一襟幽怨

淡黄柳 甲戌冬別周公謹丈于孤山中次冬公謹游會稽相會一月又次冬公謹自剡還執手聚別且復別去　然具懷敬賦此解

花邊短笛初結孤山約雨悄風輕寒漠漠翠鏡秦環釵別同折幽芳怨搖落素裳薄　重拈舊紅萼歎攜手轉離索料青禽一夢春無幾後夜相思素蟾低照誰掃苔陰共酌

一萼紅 石屋探梅作

思飄飄擁仙姝獨步明月照蒼虬花候猶遲庭陰不掃門掩山意蕭條抱芳恨佳人分薄似未許芳魄化春嬌雨澁風慳霧輕波細湘夢迢迢　誰伴碧尊雕俎喚瓊姬皎皎綠髮蕭蕭青鳳啼空玉龍舞夜遥聆河漢光搖未須賦疎香淡影且同倚枯蘚聽吹簫聽

久餘音欲絶寒透鮫綃

長亭怨重過中菴故園

泛孤艇東皐過尚記當日綠陰門掩屐齒莓階酒痕羅袖事何限欲尋前迹空惆悵成秋苑日約賞花人別後總風流雲散　水遠怎知流水外却是亂山尤遠天涯夢短想忘了綺疏雕檻望不盡苒苒斜陽撫喬木年華將晚但數點紅英猶識西門淒婉

慶宮春水仙

明玉擎金纖羅飄帶爲君起舞回雪柔影參差幽芳零亂翠圍腰瘦一捻歲華相誤記前度湘皐怨別哀絃重聽都是淒涼未須彈徹　國香到此誰怜煙冷沙昏頓成幽絶花惱難禁酒銷欲盡門外氷澌初結

試招仙魄怕今夜瑤簪凍折攜盤獨出空想咸陽故宮落月

高陽臺

東風節序暄妍獨立雕欄誰憐殘萼梅酸新溝水

枉度華年朝朝准擬清明近料燕翎須寄銀牋又爭知一字相思不到吟邊

雙蛾不拂青鸞冷任花陰寂寂掩戸閑眠屢卜佳期無憑却怨金錢何人寄與天涯信趁東風急整歸船縱飄零滿院楊花猶是春前

西江月 爲趙元父賦雪梅圖

褪粉輕盈瓊靨護香重疊冰綃數枝誰帶玉痕描夜夜東風不掃

溪上横斜影淡夢中落莫魂銷峭寒

未肯放春嬌素被獨眠清曉

踏莎行 題草窗詞卷

白石飛仙紫霞悽調斷歌重聽知音少幾番幽夢欲回時舊家池館生青草　風月交游山川懷抱憑誰說與春知道空留離恨滿江南相思一夜蘋花老

醉落魄

小窻銀燭輕鬟半擁釵横玉數聲春調清真曲拂拂朱簾殘影亂紅撲　垂楊學畫蛾眉緑年年芳草迷金谷如今休把佳期卜一掬春情斜月杏花屋

學舟趙弁仁元父

柳梢青 落桂

零冷仙梯霓裳散舞記曲人歸月度層霄雨連深夜

誰管花飛　金鋪滿地苔衣似一片斜陽未移生怕
清香又隨涼信吹過東籬

琴調相思引

氷箔紗簾小院清晴塵不動地花平昨宵風雨涼到
木犀屏　香月照粧秋粉薄水雲飛珮藕絲輕好天
良夜閑理玉靴笙

西江月

夜半河痕依約雨餘天氣溟濛起行微月遍池東水
影浮花花影動簾櫳　量減難追醉白恨長莫盡題
紅鴈聲能到畫樓中也要玉人知道有秋風

清平樂

柳絲搖露不綰蘭舟住人宿溪橋知那處一夜風聲

千樹　曉樓望斷天涯遍鴻影落寒沙可惜些兒秋意等閑過了黄花

好事近

春色醉荼蘼晝永篆煙初藴臨水楊花千樹盡一時飛雪　穿簾度竹弄輕盈東風老猶劣睡起凭闌

北山南

生查子

釵頭綴玉蟲耿耿東窻曉京洛少年遊猶恨歸來早
寒食正梨花古道多芳草今夜試青燈依舊雙花
小

八犯玉交枝 招寶山觀月上

滄島雲連綠瀛秋入暮景卻沉州嶼無浪無風天地

自聽得潮生人語擎空孤柱翠倚高闊憑虛中流蒼碧迷煙霧惟見廣寒門外青無重數　不知是水不知是山是樹漫漫知是何處倩誰問凌波輕步謾凝佇乘鸞秦女想庭曲霓裳正舞莫須長笛吹愁去怕喚起魚龍三更噴作前山雨

絶妙好詞卷第七

絶妙好詞一書柯寓匏謂與竹垞選詞綜時閱錢遵王藏有寫本從子煜為錢氏族婿因得假歸傳寫版行何義門謂義門竹垞說得之非也今通行諸本皆由之出己未歲尾　鶴逸先生出示所藏精鈔本有毛氏子晉斧季諸印遵王藏書半歸季滄葦半為毛氏所得故汲古秘本有其目而延令書目無之卷二李鼐仲鎮姓字諸刻皆脫去其清平樂亂雲將雨一闋遂誤屬李泳卷七脫簡趙與仁好事近詞後有浣溪沙三字仇遠生查子前有北山南三字知為玉胡蝶之獨立軟紅一闋皆此本勝處其它字句可證正諸刻者尤不勝枚舉然亦不免小有譌異而卷四施岳跋三十二行詞亦闕並目亦佚去蓋自為後人補編非弁陽老人原本也是書自沈伯時已惜其版不存墨本亦有好事者傳之今墨本不可復睹此抄本亦珍若

星鳳矣遂假錄一過擬續栞入彊邨叢書中而記其大畧以歸之

宣統十二年歲次庚申孟秋之月歸安朱孝臧跋

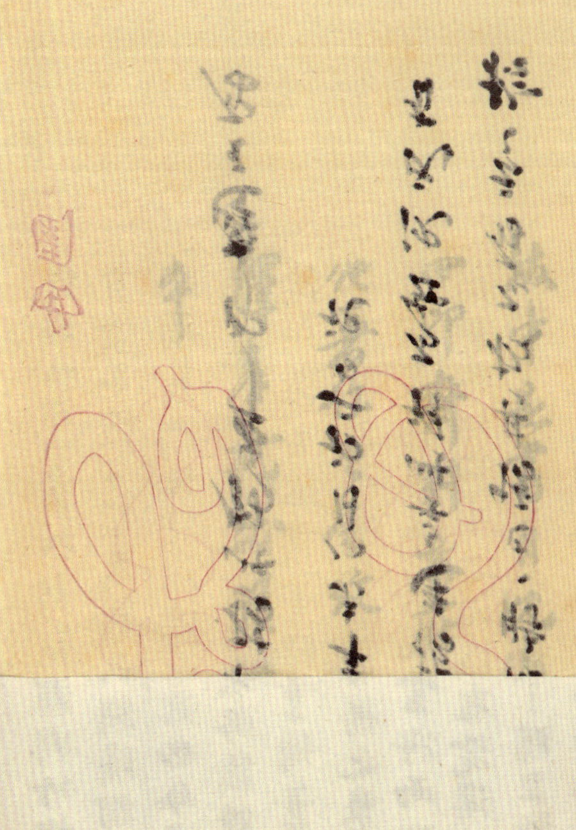

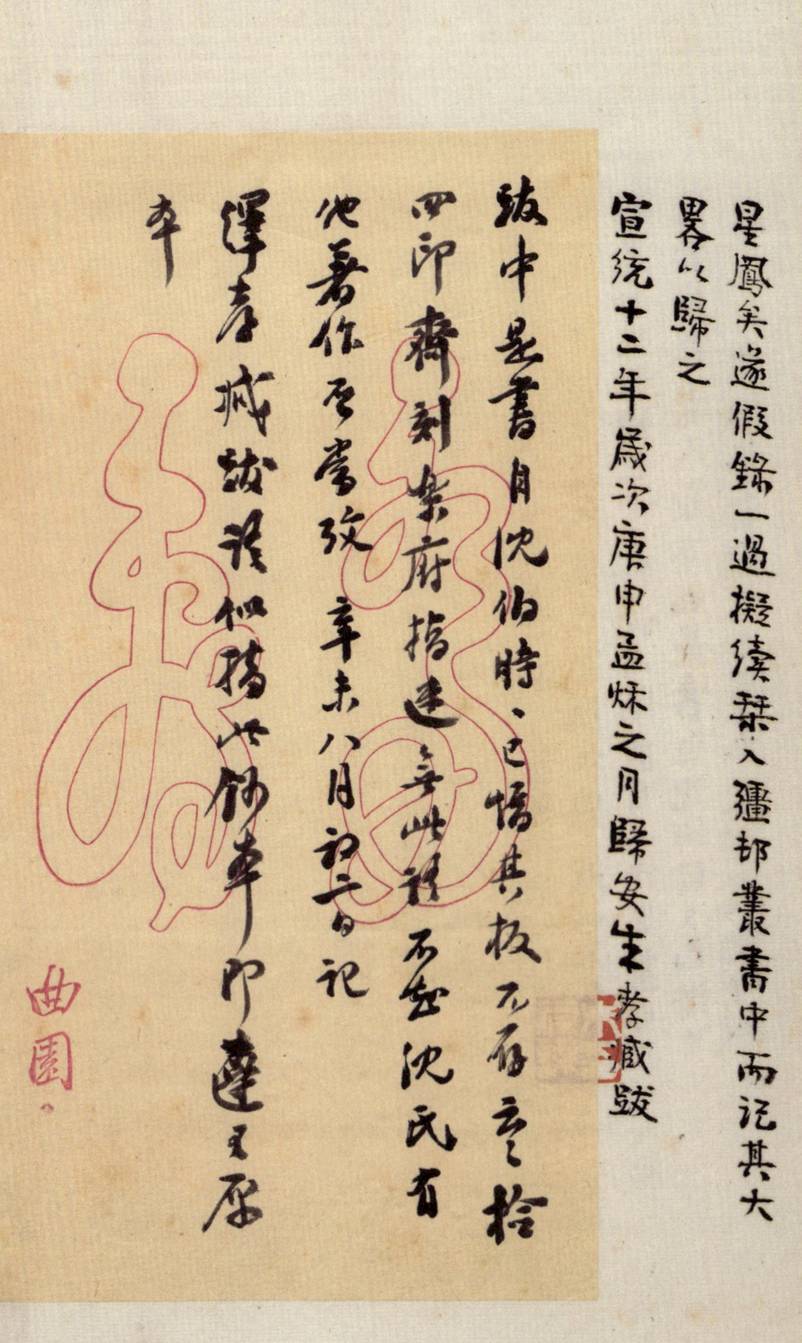
星鳳矣遂假錄一過擬续棊入彊邨叢書中而記其大畧以歸之
宣統十二年歲次庚申孟秋之月歸安朱孝臧跋